CHAVIRER

DE LA MÊME AUTRICE

UNE FIÈVRE IMPOSSIBLE À NÉGOCIER, Flammarion, 2003 ; Babel nº 1405.

DE ÇA JE ME CONSOLE, Flammarion, 2007 ; Babel nº 1481.

NOUS SOMMES LES OISEAUX DE LA TEMPÊTE QUI S'ANNONCE, Flammarion, 2011 ; Babel nº 1248.

LA PETITE COMMUNISTE QUI NE SOURIAIT JAMAIS (prix *Ouest France* / Étonnants voyageurs, prix de la Closerie des lilas, grand prix de l'Héroïne *Madame Figaro*, prix *Version Femina*, prix littéraire d'Arcachon, prix des Lecteurs de Levallois, prix Jules Rimet, prix des Lecteurs du Festival du livre de Mouans-Sartoux, prix Calibo de Sainte-Cécile-les-Vignes), Actes Sud, 2014 ; Babel nº 1319.

MERCY, MARY, PATTY, Actes Sud, 2017 ; Babel nº 1618.

CHAVIRER (prix du Roman des Étudiants France Culture / *Télérama*, prix Landerneau des lecteurs, choix Goncourt de la Suisse, prix littéraire des Étudiants de Sciences Po), Actes Sud, 2020 ; Babel nº 1813.

LE LOUP, L'ÉPÉE ET LES ÉTOILES, Éditions de l'Aube, coll. "Le 1 en livre", 2021.

Page 108, la citation est tirée de Hannah Arendt, *Condition de l'homme moderne* (Pocket, "Agora", nº 24, 1992).

ISBN 978-2-330-16538-3

LOLA LAFON

CHAVIRER

roman

BABEL

Le pardon, s'il y en a, ne doit et ne peut pardonner que l'impardonnable, l'inexpiable – et donc faire l'impossible.

JACQUES DERRIDA,
Pardonner.

À défaut du pardon, laisse venir l'oubli.

ALFRED DE MUSSET,
La Nuit d'octobre.

Ces raisons-là qui font que nos raisons sont vaines.
Ces choses au fond de nous qui nous font veiller tard.

JEAN-JACQUES GOLDMAN,
Veiller tard.

1

Elle avait traversé tant de décors, des apparences, une vie de nuit et de recommencements. Elle savait tout des réinventions. Elle connaissait les coulisses de tant de théâtres, leur odeur boisée, ces couloirs tortueux où les danseuses se bousculaient, les murs roses et râpés de loges sans fenêtre au lino terni, ces miroirs encadrés d'ampoules, les coiffeuses sur lesquelles une habilleuse disposait son costume, épinglé d'une note de papier : CLÉO.
Un string crème, une paire de collants chair à enfiler sous les résilles, un soutien-gorge semé de perles et de sequins, les gants ivoire jusqu'au coude et les sandales à talons renforcées d'un élastique corail sur le cou-de-pied.

Cléo arrivait avant les autres, elle aimait ce temps-là où personne ne s'affairait encore autour d'elle. Ce silence plat à peine troublé des voix des techniciens qui vérifiaient la bonne marche des éclairages sur scène. Elle ôtait ses vêtements de ville, enfilait un pantalon de survêtement, puis, torse nu, assise face au miroir, entamait ce processus qui la verrait disparaître.

Une demi-heure pour s'effacer : elle versait le fond de teint Porcelaine 0.1 au creux de sa paume, en imprégnait l'éponge en latex, le beige annulait le rose de ses lèvres, le mauve tremblant des paupières, les taches de rousseur sur le haut de ses joues, les veinules des poignets, la cicatrice de son opération de l'appendicite, la tache de naissance sur sa cuisse, un grain de beauté sur le sein gauche. Il fallait demander de l'aide à une autre danseuse pour le dos, les fesses.

Le maquilleur-coiffeur passait à 18 heures, la taille ceinte d'une pochette débordant de pinceaux, il repoudrait le front de l'une, appliquait de l'anti-cernes sur le bouton d'une autre, retraçant le tremblé d'un trait d'eye-liner ; son souffle mentholé et tranquille caressait les joues, le son caoutchouteux de la gomme qu'il mâchait en permanence tenait lieu de berceuse, les filles somnolaient dans une brume de laque. À 19 heures, le visage de nuit de Cléo était celui de toutes les autres danseuses : une anonyme aux faux cils fournis par la maison, aux joues rosies de fuchsia, aux yeux sauvagement agrandis de noir, des nacres sur les pommettes jusqu'à l'arcade sourcilière.

Cléo s'était tenue derrière des dizaines de rideaux d'un velours pourpre, des tentures, des pendrillons de feutre, elle avait effectué ce même rituel des centaines de fois, ces vérifications aux allures d'incantations : secouer la tête de droite à gauche pour tester l'attache des cheveux, effectuer de petits sauts sur place pour ne pas laisser les muscles des cuisses se refroidir en attendant le signal du régisseur, ce décompte 4-3-2-1. Les habilleuses agrafaient, reprenaient, sécurisaient une dernière fois la rituelle coiffe ornée de plumes, cette trompeuse couronne de douceur dont les armatures enserraient les omoplates, un sac à dos de fer.

Cléo et les autres aimaient les deviner derrière le rideau, interprétant le moindre éternuement ou raclement de gorge des spectateurs : tiens, ils étaient nerveux, ce soir.

À peine descendus du car – ils venaient de Dijon, de Rodez, de l'aéroport –, ils prenaient place dans un brouhaha de collégiens, éblouis de reflets, ceux des verres de cristal disposés sur leur table, du cuivre des seaux à champagne, ils s'émerveillaient de la rose blanche dans la transparence d'un vase, de l'empressement des serveurs, des banquettes rouges et des nappes blanches, du marbre veiné du grand escalier. Les hommes lissaient leur pantalon froissé par le voyage, les femmes étaient passées chez le coiffeur pour l'occasion. Les billets rangés dans le portefeuille étaient un cadeau d'anniversaire, un cadeau de mariage, achetés de longue date : une somme qu'on ne dépenserait qu'une fois dans sa vie. L'obscurité se faisait dans la salle, ils l'accueillaient avec des chuchotements ravis, elle dissoudrait soucis, dettes et solitudes. Chaque soir, lorsque Cléo entrait sur scène, la chaleur poussiéreuse des projecteurs la surprenait jusqu'au creux des reins.

Les danseuses surgissaient, parcourues d'un fil de grâce et de cambrure, les bras ouverts, légèrement arrondis, elles redéfinissaient l'horizon, une ligne endiamantée de sourires identiques et laqués, un ensemble de jambes ordonnées, une exubérance froufroutante et pailletée.

À la sortie du théâtre, les spectateurs les croisaient sans les reconnaître, des jeunes filles pâlottes et fatiguées aux cheveux ternis de laque.

Cléo avait lu ceci : la fascination des bébés pour le miroitement d'une assiette de porcelaine venait de notre peur ancestrale de mourir de soif.

Cléo avait lu ceci : l'invention de la paillette était accidentelle. Elle était le fait d'Henry Rushman, employé d'une entreprise qui, dans le New Jersey, se débarrassait des déchets de plastique en les broyant. Combien d'années passées à endurer le fracas des machines jusqu'à ce jour de 1934 où, alors qu'il s'apprêtait à quitter l'atelier, Rushman avait aperçu dans la cuve, parmi les débris, un minuscule cabochon au reflet turquoise. Faiblement éclairés par la lumière du jour qui tombait, l'argent et l'or saupoudraient la broyeuse, des micas ardents. Les résidus renvoyaient la lumière.

Les paillettes naissaient de ce qu'on tenait pour négligeable ; elles avaient la beauté de l'incertitude. On opposait parfois à Cléo que tout ceci était de la pacotille, à l'image des colliers de strass reposant sur son plexus, ces verroteries rubis qui ceignaient sa taille.

Tout était faux, là résidait la beauté troublante de ce monde, rétorquait-elle. Les filles faisaient semblant d'être nues, elles surjouaient leur joie sur scène quatre-vingt-dix minutes durant, *ça c'est Paris*, elles venaient d'Ukraine, d'Espagne ou de Clermont-Ferrand. La sueur ternissait le satin de leurs bustiers, les traces jaunâtres persistaient en dépit des nettoyages, les strings étaient pulvérisés de spray antibactérien, les résilles s'incrustaient dans le tendre des cuisses, elles laissaient des ratures quadrillées : de loin, on n'en percevait rien.

Un éclairagiste avait appris à Cléo que la plus modeste des pannes de velours chatoyait sous les projecteurs ; à l'inverse, ceux-ci affadissaient les reflets des soieries authentiques. La lumière escamotait les accrocs, les faux plis, les traces de cellulite, les cicatrices, elle atténuait les rides et le roux criard d'une coloration bon marché. Les bustiers en tissu à paillettes laissaient des plaques vermillon sur les flancs de Cléo, des estafilades bordeaux sous ses aisselles : des débris de plastique que la sueur aiguisait. De loin, on n'en percevait rien.

Danser c'était apprendre à dissocier. Pieds poignards et poignets rubans. Puissance et langueur. Sourire en dépit d'une douleur persistante, sourire en dépit de la nausée, un effet secondaire des anti-inflammatoires.

À douze ans, cinq mois et une semaine, les parents de Cléo lui avaient proposé de prendre des cours de danse, préoccupés de la voir traîner devant la télé le mercredi et le samedi après-midi. Le cours privé de Madame Nicolle regorgeait d'élèves du collège privé de la Providence, ces Domitille, Eugénie, Béatrice. Dans les vestiaires, Cléo les entendait évoquer un week-end en Normandie, des vacances aux Baléares, un séjour linguistique aux États-Unis. La voiture de maman, celle de papa. La femme de ménage, la nounou. L'abonnement à la Comédie-Française et au théâtre des Champs-Élysées.

Cléo taisait prudemment son adresse – le Fontenay des grands ensembles –, la Ford Escort de ses parents tout comme le métier de sa mère, vendeuse dans une boutique de vêtements pour femmes fortes.

Les mères des Domitille assistaient régulièrement au cours, assises sur les chaises en bois disposées au fond de la salle. Elles croisaient les chevilles mais pas les genoux. Toutes se pressaient autour de Madame Nicolle, la flattaient, exigeant plus de sévérité pour leur fille. Leur désir féroce de les conduire aux portes d'un avenir dont elles-mêmes avaient été évincées était palpable, ce désir de posséder des filles limpides, immatérielles, sylphides au corps vidé de leur mauvais sang.

Toute l'année, Cléo s'était appliquée à parler le langage de la danse classique comme on s'essaye à "prendre l'accent" d'une langue étrangère sans jamais l'avoir en bouche. Elle avait tenté d'acquérir la préciosité et le regard altier de celles que Madame Nicolle leur citait en exemple pour leur "classe" : princesses, duchesses. Sans succès.

À la fin de l'année, Madame Nicolle lui avait suggéré de faire autre chose : de la gymnastique, peut-être ? Cléo ne manquait pas d'énergie. De grâce, en revanche…

Cléo s'en était retournée à la morosité des samedis devant la télé. C'est là qu'elle les avait vus pour la première fois : étincelants, ces danseurs ondulaient comme des rivières rapides. Ils annonçaient le générique de l'émission favorite de sa mère : *Champs-Élysées.*

Avant que Michel Drucker ne les congédie : *On applaudit bien fort les danseurs qui vont quitter le plateau*, Cléo s'approchait du petit écran afin de déchiffrer leurs pirouettes, ces refrains de joie qu'ils concluaient d'un bond, très loin de l'affectation des Domitille chez Madame Nicolle : voilà ce qu'elle voulait faire.

Dès le premier cours de modern jazz à la MJC de Fontenay, Stan l'avait secouée, prise à bras-le-corps, transportée. Il parlait hanches. Bassin. Bas-ventre. Plexus. Puissance. Il applaudissait ses élèves lorsqu'ils réussissaient un enchaînement de pas, vêtu d'un pantalon de jogging et d'un débardeur noir qui laissait voir la naissance des pectoraux.

La baie vitrée de la salle se couvrait de buée au bout de dix minutes, les murs se constellaient de minuscules gouttelettes de sueur, les basses des remix de Grandmaster Flash ou d'Irene Cara saturaient les enceintes.

Celle que Cléo surprenait dans le miroir après une diagonale de pas chassés, step-touch, spin n'avait rien d'une duchesse, avec sa frange collée au front et ses pommettes cramoisies. Celle que Cléo surprenait dans le miroir avait acquis en quelques semaines la cambrure d'une invite, très loin des raideurs d'adolescentes dédaigneuses qui rentraient le ventre et serraient les fesses chez Madame Nicolle.

Le soir, dans sa chambre, Cléo, walkman rivé aux oreilles, découpait le temps en tranches de huit. Pompes exécutées contre le mur, 5-ET-6-ET-7-ET-8. Séries d'abdos, ET-1-ET-2-ET-3-ET-4. Équilibres ET-7-ET-8.

Les cours de Stan étaient un mélange de messe, de fête et de concentration. *AGAIN* : Stan exigeait qu'on reprenne, refasse, la douleur d'un point de côté coupait le souffle de Cléo mais la douleur n'était rien d'autre qu'un chemin montueux, une pente. Une fois gravie, ne restait que l'éclat d'une délivrance.

Cléo s'appliquait à calquer ce que Stan montrait, à apprivoiser un geste, qu'il s'imprime aux fibres d'un muscle que Cléo se représentait comme un steak strié de sang corail. C'était là, quand le corps renâclait, suppliait, qu'il fallait lui en imposer.

Cléo savait des choses que les filles de treize ans ne savaient pas. Obéir sans questionner. Applaudir Stan à la fin du cours même s'il l'avait houspillée une heure trente durant. L'en remercier, même. Refaire. Le soir, ne pas parvenir à s'endormir tant les jambes tremblaient sous les draps. Au réveil, éprouver la raideur des mollets brutalement étirés ; après la douche, enduire de camphre les ischiojambiers tétanisés. Ses parents moquaient sa démarche de vieille dame claudicante le matin. Pas un jour sans une nouvelle douleur, ici ou là.

Stan avait énuméré ce qu'il faudrait désormais éviter : Cléo renoncerait au ski, aux rollers, à la course à pied ou à dévaler les escaliers à toute vitesse. Le soir, à sa mère qui repassait dans la cuisine après le dîner, Cléo racontait ce quotidien militaire qui la ravissait : elle avait réussi à faire deux tours et Stan l'avait promue, du dernier rang à l'avant-dernier. Stan s'était agacé de devoir lui réexpliquer l'enchaînement, mais il avait dit que *si elle devenait pro…*

Les mots magiques : *si elle devenait pro*. Depuis qu'ils avaient été prononcés, Cléo trépignait. À table, elle battait du pied. Tapotait de l'index. Réitérait les questions dès lors qu'on ne lui répondait pas immédiatement. Il lui semblait que le présent ne s'écoulait plus, figé entre ces décors familiers : la cour du collège, la cantine, la petite guérite où les élèves achetaient des crêpes à la sortie des cours, la piscine de Fontenay le samedi, les courses au Leclerc avec sa mère, la corvée de vaisselle contre cinq francs, le samedi devant Drucker, l'assiette en équilibre sur les genoux. Et, le dimanche soir, entre tristesse et soulagement que le lundi sonne la fin du huis clos familial, se laver les cheveux, les sécher, entendre ses parents échanger des chiffres agacés : les charges de l'immeuble avaient encore augmenté.

Elle était en quatrième. Il faudrait attendre la fin du collège, puis du lycée, comme on assiste à un discours interminable. Le passage du temps avait des ratés, un moteur poussif qui ne se mettait en marche que nourri de sueur et de claquements de doigts, au cours de Stan. La danse ferait patienter sa vie, il n'y aurait rien d'autre, avait écrit Cléo dans son journal avec emphase.

Mais c'était faux. Elle n'avait pas su attendre : elle avait emprunté le premier détour. Cathy avait entrebâillé l'avenir et Cléo s'était précipitée, un pied dans la porte, le nez au vent, prête à sauter toutes les cases du jeu. Évidemment que Cathy fut une apparition de rêve dans la vie de Cléo.

Elle s'appelait Catherine mais préférait qu'on l'appelle Cathy.

Elle avait assisté au cours de Stan depuis le hall, comme ces mères qui venaient chercher leur fille mais Cathy ne venait pas chercher sa fille. Elle s'était avancée vers Cléo qui se dirigeait vers les vestiaires, échevelée et transpirante : bonjour, aurait-elle quelques instants à lui accorder ? Personne n'avait jamais demandé à Cléo si elle disposait de quelques instants à accorder. Son jean clair droit sur des bottes camel, camel, également, le manteau long, un camaïeu pêche décliné des lèvres jusqu'aux pommettes, de larges anneaux d'argent aux oreilles et un sourire d'hôtesse de l'air. Son prénom était Cléo ? Avait-elle vu le film *Cléo de 5 à 7* ? Non ? Il fallait absolument le voir !

Cathy représentait une fondation. Cléo avait-elle une idée de ce que cela signifiait ?

(Sourire.) Eh bien, la fondation Galatée soutenait les adolescentes qui présentaient des capacités, des projets exceptionnels. Cléo, consciente de sa frange terne de transpiration, de ses joues enflammées, dansait d'un pied sur l'autre.

Quelle chance d'avoir des cheveux si longs – Cathy désignait sa queue de cheval –, elle ne parvenait jamais à attendre que les siens poussent, elle n'avait aucune patience *(moue-soupir-une mèche acajou entortillée autour de l'index)*.

Bref : la fondation accordait des bourses d'études. Dans tous les domaines.

Stan avait refermé la porte de la salle de danse : *Good work, Cléo*.

Il avait raison ! Cathy avait tout de suite *repéré* Cléo au milieu des autres. Son job c'était ça : faire preuve de flair *(index posé sur le bout du nez)*.

Plus belle qu'une mère et plus fascinante qu'une copine, Cathy chantonnait un refrain que les adultes n'entendaient pas, elle parlait couramment une langue adolescente semée de mots magiques : *futur*, *repérée*, *exceptionnelle*.

La jolie Anne Keller, qui donnait la réplique à Sophie Marceau dans *La Boum 2* ? C'était Cathy qui l'avait *repérée* dans un cours de danse, lui avait fait passer un *test*. La fondation avait fait le reste. Bingo. Veronika, en couverture du nouveau *20 ans* ? Idem. C'était Cathy qui l'avait présentée à David Hamilton. Et elle était loin d'avoir le charisme de Cléo.

Cléo avait haussé les épaules, désappointée : elle ne voulait devenir ni mannequin ni actrice.

Bien entendu ! Cathy évoquait ces deux-là mais elle pouvait citer des danseuses, des sportives et des futures stylistes… Du moment qu'on visait l'excellence !

Cléo n'allait pas rester des années dans cette MJC ? Il fallait faire montre d'ambition quand on en avait les capacités. Si Cléo était intéressée, Cathy pourrait revenir lui en parler ? Rendez-vous samedi ? Ici ?

REPÉRAGE, REPÉRÉE, REPÉRER, verbe transitif : Apercevoir, distinguer, remarquer parmi d'autres quelqu'un ou quelque chose.

Cléo avait déboulé à la table du dîner, il fallait qu'elle leur raconte quelque chose, sa mère lui avait fait signe de se taire, on verrait à la fin du journal télévisé.

À Paris, les prostituées de la rue Saint-Denis manifestaient contre leur éviction programmée. À Nantes, des traditionalistes catholiques qui menaçaient d'incendier une salle de cinéma projetant le dernier Godard, *Je vous salue Marie*, avaient été accueillis par des punks armés de seaux d'eau, de boules puantes et de pétards.

L'actrice interviewée, Myriem Roussel, s'extasiait de sa chance : Jean-Luc Godard l'avait *repérée* dans un cours de danse.

Il avait fallu attendre la météo pour pouvoir raconter à ses parents que : une femme très chic / une fondation / une bourse / des écoles incroyables / apprendre beaucoup / mon futur.

Ils cherchent des moches ? avait gloussé son petit frère. Non, avait-elle répondu avec hauteur : des projets d'exception.

Prononcer ces mots la projetait hors du rectangle de la salle à manger, de cette existence aux coins racornis. Loin de ses parents affalés dans le canapé, le dos rompu de s'être faits à tout ; elle était terrible, leur lenteur à vivre, cette boucle de l'amertume dans laquelle ils étaient comme dans un labyrinthe, fustigeant la météo qui disait n'importe quoi, les soldes qui n'en étaient jamais. Ses parents semblaient avoir pour mission de débusquer l'arnaque, ils exultaient lorsqu'ils tenaient la preuve d'une erreur de calcul dans un ticket de caisse.

S'il fallait payer pour postuler à sa bourse, c'était hors de question. On en entendait parler partout de ce genre d'attrape-couillons. Merci bien.

Les cils de sa mère se dressaient, de courts bâtonnets raidis de mascara qui, le soir, s'émiettaient sur sa pommette ; les longs cils de Cathy se recourbaient, gracieux.

Cléo avait retrouvé sa chambre avec soulagement, s'extirpant de leur banalité comme d'un quartier dans lequel elle aurait été égarée des années.

Tout était en place pour le reste de *l'histoire.* Le futur ressemblait à une ivresse.

Le samedi, Cathy était là, comme promis, derrière la baie vitrée, qui lui faisait un petit geste de la main. Elle avait proposé un coca à la cafétéria.

Elle l'écoutait parler comme dans les séries télé américaines, en hochant la tête avec gravité. Oh ce bonheur d'être questionnée. *Parle-moi de toi.* Cléo savait-elle déjà dans quel lycée elle allait aller ? Était-elle cinéphile ? C'était important, pour une artiste, de s'intéresser aux autres formes d'art. La peinture ? Que lisait-elle ? Avait-elle des copines ou se confiait-elle plus volontiers à sa mère ? Pas de meilleure amie ? Ça ne surprenait guère Cathy : dès lors qu'on n'était pas comme les autres... La plupart des ados se montraient d'un conventionnel, elle aussi s'était sentie seule au collège. Mais c'était peut-être le prix à payer quand on était destiné à mieux.

D'ailleurs : Cléo avait-elle dressé une liste des stages qu'elle aurait aimé faire ?

Oh le bonheur de prononcer ces noms lus dans *Danser* : le stage d'été à Montpellier, et celui du Centre de danse international Rosella-Hightower, à Cannes.

D'accord, mais Cléo n'avait pas peur de quitter la France au moins ? Il fallait voir plus grand !

L'ambition impressionnait toujours les jurés : pourquoi ne pas auditionner pour la High School of Performing Arts à New York cet été ? L'école de *Fame* ! Cléo avait vu le film, bien sûr ?

Eh bien, c'est que… il n'était pas passé à la télé et elle n'allait que rarement au cinéma, en plus l'anglais n'était pas son point fort… Et puis, ses parents ne la laisseraient jamais partir si loin toute seule. Pas avant qu'elle ait quinze ans. Ou même seize.

Parfait ! Il suffisait d'ajouter au dossier la nécessité pour Cléo de suivre des cours d'anglais. Et qu'elle ne s'inquiète pas : Cathy s'y connaissait en matière de parents *(clin d'œil)*. Elle leur parlerait. C'était normal, pour des parents, de s'inquiéter mais si on aimait ses enfants, on ne s'opposait pas à leur désir. Elle-même avait un fils. Il avait quasiment l'âge de Cléo et vivait avec sa grand-mère dans la Drôme. Une histoire compliquée, il lui manquait beaucoup… Cathy s'était tue. *(Regard dans le vague. Silence.)* Le fils de Cathy, un jalon rassurant : on était en terrain connu auprès d'une maman joliment triste.

Et… il était compliqué à remplir, ce dossier Galatée ?

Cathy lui avait ébouriffé la frange : pas d'inquiétude, elle se chargerait de tout.

Il faudrait faire preuve de patience. Et ne pas trop s'emballer, car la fondation avait ses critères… Cathy n'était pas jurée, elle ne faisait que transmettre les candidatures. Mais elle ne se privait pas d'en appuyer certaines. *(Sourire. Clin d'œil.)*

Le soir, Cléo avait cherché dans le dictionnaire les définitions de : *cinéphile* / *bien-fondé* / *critères*.

Lorsqu'elle fermait les yeux, la fondation Galatée lui apparaissait dans les atours d'un immeuble ancien, un genre de clinique couleur crème au jardin ceint de hautes grilles en fer forgé, aux couloirs qu'arpentaient des femmes aux cheveux lisses et aux bras chargés de dossiers qu'elles soumettaient à des hommes en costume : des *projets d'exception*.

La rêverie en cinémascope de Cléo se chargeait d'inquiétudes : New York ? Elle ne saurait pas même y demander son chemin. Et où dormirait-elle ? Elle ne connaîtrait personne. Aurait encore moins de copines qu'ici. Elle s'assoupissait, honteuse d'elle-même, de sa couardise semblable à celle de ses parents, de son manque d'ambition que Cathy n'avait pas encore débusqué.

Le vendredi soir, sa mère avait décroché le téléphone. Sa mère qui roucoulait. Enchantée ! Cléo nous a beaucoup parlé de vous. Formidable ! Quelle bonne nouvelle ! Nous vous remercions.

Sa mère rajeunie, sautillante, à Cléo : tu as passé la première sélection !

Cathy lui avait donné rendez-vous mercredi à 17 heures, il fallait fêter ce premier succès.

Cléo n'était jamais allée dans cette brasserie, près de la place de la Mairie : les banquettes bordeaux, les gilets sombres des serveurs, la musique en sourdine, il semblait à Cléo que partout où elle allait, même ici, à Fontenay, Cathy évoluait dans un décor raffiné. Cléo ne parvenait pas à se la représenter en train de vider un lave-vaisselle ou de pester contre un tapis de travers, comme sa mère.

Elle l'avait raccompagnée en voiture. Une fois le contact coupé, elle s'était reculée contre la vitre, laisse-moi te regarder.

(Froncement de sourcils. Lèvre inférieure mordillée.) C'était important, les vêtements. Surtout quand on était artiste. Ils disaient qui on était. Et Cléo n'était plus une enfant. Elle avait plus de *créativité* en elle que sa tenue ne laissait supposer. Quand on avait un joli corps il ne fallait pas le dissimuler.

Cléo, la ceinture de sécurité entre les seins, la chaleur du sang montée aux joues, avait conscience de la banalité de sa mise : ce pull marin en acrylique, ce pantalon de toile quelconque choisi par sa mère, son blouson style aviateur, en faux cuir, offert par sa grand-mère à Noël, quand certains élèves de quatrième portaient un vrai Chevignon.

Et pourquoi ne pas aller faire du shopping entre filles à Paris samedi après-midi ? On prendrait le temps de lui trouver un style. Ça serait *super sympa* ! Les rôles inversés, Cathy, joignant les mains, mutine, suppliante, adolescente.

Quel est ton quartier préféré ? avait demandé Cathy. Cléo avait parlé de Créteil Soleil et aussi du Forum des Halles, elle y était allée avec sa cousine.

Le Paris de Cléo était la ville des courses de Noël et des soldes d'été. Celle, aussi, qu'on visitait encadrés d'enseignants, Beaubourg en sixième et la tour Saint-Jacques en cinquième. Une ville lointaine mais à portée de RER A, quatre stations depuis le quai humide et venteux de Fontenay. Les voitures aux sièges tagués sentaient la cigarette humide, des hommes s'asseyaient face à sa mère et elle, jambes écartées avec leurs regards qui passaient de l'une à l'autre et qui, depuis peu, s'attardaient sur Cléo. Une ville braillarde dont on rentrait fourbus, assommés par la voix surexcitée des animateurs de NRJ diffusée dans les boutiques du Forum, étourdis par les savants zigzags des passants s'évitant sans ralentir.

Sa mère lui avait donné cinquante francs : pas question de se faire entretenir. Que cette Cathy ne s'imagine pas que Cléo était une pauvresse.

Le Paris de Cathy ignorait la cohue du Forum des Halles, il n'était que ruelles biscornues aux trottoirs étroits, dans lesquelles des antiquaires ensommeillés veillaient sur un entassement de dorures ; ils semblaient charmés par Cathy et son rire d'oiseau lorsqu'elle avouait "des goûts de luxe, un amour du merveilleux".

Cathy, robe noire et court blouson en cuir, lui prenait le bras pour traverser, une copine de cinéma. Dans une librairie américaine, elle lui avait acheté sans s'enquérir du prix une épaisse revue, *Dancing*. Dans une parfumerie sur les Champs-Élysées, des vendeuses vêtues d'un tailleur bleu roi l'avaient appelée mademoiselle ; Cléo qu'on vaporisait de brumes alcoolisées, fleurs roses et bergamote, pluies sucrées et musc feutré, Cléo humée, sur laquelle se penchaient des fées appliquées à lui trouver l'identité d'un sillage. Cathy dans la cabine d'essayage des Galeries Lafayette : qu'elle essaye cette jupe, quand on avait un joli corps on pouvait tout se permettre. Cléo et Cathy à la caisse, Cléo embarrassée, sa mère lui avait donné cinquante francs et…

Cathy lui coupant la parole : elle n'allait pas parler d'argent à son âge ! Cléo tentait de tout retenir, les bouquinistes sur les quais, la truffe vieux rose du chiot dans l'animalerie du quai de la Mégisserie, l'odeur de paille et d'urine, les jambes gainées de collants transparents des vendeuses, leurs pieds comprimés dans des escarpins vernis, la véhémence d'une Seine mauve et brun et le mur flou de la brume dressée autour d'un horizon de pierre : les ponts.

Au salon de thé, Cathy avait choisi pour elle. La serveuse l'avait prise pour sa fille ; Cléo en avait été bouleversée, qu'une inconnue retrouve en elle le tracé du sourire de Cathy.

L'amour, est-ce que ça ressemblait à ce débordement, ce grand n'importe quoi de vertiges et de sourires, ce désir de bloquer le présent sur pause ?

Le mercredi suivant, Cathy, dans le hall, en grande conversation avec une blonde aux cheveux tirés en chignon, justaucorps bleu ciel et jupette assortie. Cathy avait esquissé un salut distrait sans s'interrompre. Lorsque Cléo était ressortie des vestiaires, Cathy n'était plus là.

Évincée remplacée oubliée.

Mais elle était revenue samedi, toute de musc et d'épices, ses cheveux acajou lissés jusqu'aux pointes. L'avait applaudie au moment où Cléo avait franchi la porte du cours : on ne voyait qu'elle ! Ses parents étaient-ils venus la voir danser récemment ? Non ? Dommage !

Cathy n'avait pas le droit d'en parler mais elle avait croisé un membre de la fondation qui s'était étonné que son dossier ne soit pas encore finalisé. Cela présageait du meilleur. Ne manquait qu'une jolie photo. Cathy s'en chargerait, c'était une formalité. Et il faudrait rencontrer ses parents maintenant que les choses étaient enclenchées. Samedi ?

Sa mère était arrivée en retard à la MJC. Elle n'entendit pas Stan s'exclamer OUI CLÉO !

Cléo que Cathy applaudit quand elle passa la porte vitrée, que sa mère embrassa du bout des lèvres, sa fille au maillot détrempé de sueur et aux joues brûlantes.

Sa mère avait soumis Cathy à une série de questions pointilleuses : si d'aventure sa fille obtenait la bourse et partait à Cannes ou ailleurs : qui serait avec elle ? Ça n'était pas qu'elle avait l'esprit mal tourné mais... Faudrait-il ouvrir un compte en banque spécial, au nom de Cléo, en dépit de son âge ? Et pour les photos, on n'avancerait pas les frais.

La voix de sa mère piquait et repiquait à la façon d'une machine à coudre aigrelette.

Cathy, d'une douceur de soie, à sa mère : vous devez être très fière de votre fille.

Sa mère avait marqué une pause avant d'acquiescer, comme si on venait de lui soumettre un rébus complexe.

Dis donc, elle est drôlement chic, ta Cathy ; son manteau, c'est pas du toc, avait dit sa mère dans la voiture. Elle paye bien, sa fondation.

Les clientes de la boutique de vêtements "confortables et classiques, de belle facture" se faisaient rares ; sa mère se plaignait que les femmes, maintenant, ne jurent plus que par des jeans qui leur faisaient des fesses plates ou des pantalons de jogging aussi seyants que des pyjamas. Cathy, au moins, était classique et impeccable.

Ses parents avaient signé l'autorisation : je soussigné déclare autoriser Cléo, ma fille, à participer à une séance de photos afin de finaliser le dossier de la bourse Galatée.

Cléo avait eu beau protester que c'était “la honte”, cette méfiance, son père avait ajouté ceci, écrit à la main : en vertu de l'âge de Cléo, les photos devraient lui être soumises avant de circuler.

Tant de nouveautés dans la vie de Cléo. Des odeurs : celles qui imprégnaient la voiture de Cathy, ces héliotropes sucrés de son parfum, Opium, mêlés à l'odeur rousse du cuir. Des matières : la soie carmin d'un foulard que Cathy avait détaché de son cou pour le lui tendre, un jour que Cléo avait oublié son écharpe.

Sa jupe en jean, le foulard et le pull en mohair turquoise avaient propulsé Cléo au cœur des attentions de sa classe en une matinée. Effacée, l'ennuyeuse Cléo sans poitrine ni eye-liner qui ne s'intéressait à rien d'autre qu'à sa danse, qui ne fumait ni ne buvait, ne s'était jamais fait gauler à Auchan, qui n'avait aucun garçon en ligne de mire.

Cléo avait raconté la fondation, savourant les yeux écarquillés et les questions. Le lendemain, un trio de quatrièmes l'avait hélée à la récréation : c'était elle, Cléo ? Combien, la bourse ? Ça marchait pour le sport ?

Cléo que les moins impressionnables saluaient aussi, ces 3e 5 dont les talons hauts résonnaient dans les couloirs ; elles griffonnaient des prénoms de garçons dans la marge de leur cahier pendant les cours auxquels elles daignaient assister, les profs soupiraient en prononçant leur prénom à l'appel, encore absente, elles allumaient leur cigarette en plissant les yeux.

De rares sceptiques faisaient la moue : Cléo allait se retrouver à poil dans un magazine, ça arrivait tous les jours. N'importe quoi, protestait une autre. Cathy était une femme ! Pas un vieux pervers !

Elles répétaient comme si elles l'avaient rencontrée ce prénom dont elles savaient les contours, du manteau long aux mèches acajou, Cathy. Cléo traversée d'un miracle, porteuse d'une *histoire* dont elles attendaient, chaque matin, la suite, affairées autour d'elle comme pour des noces, un baptême. *Tu as eu des nouvelles de Cathy ?*

Sa mère, au petit-déjeuner, l'avait inspectée, de sa queue de cheval haute jusqu'aux baskets que Cléo avait choisies pour la séance photo : parfaite. La rue calme dans laquelle Cathy s'était garée appartenait à un Paris de silhouettes chenues vêtues de pardessus beiges. L'immeuble avait des joliesses de musée, ces balcons, ces colonnades, cette entrée de marbre au parquet recouvert d'un tapis vert sapin. L'ascenseur étroit marquait l'arrêt dans un hoquet, Cathy avait sursauté, gamine : tout, dans le quartier, sentait le vieux !

Les volets de l'appartement étaient clos, les rideaux tirés. Une table ronde, quelques chaises, un tapis roulé comme pour un déménagement. Cathy avait vidé un cendrier, pestant, *ils* auraient pu nettoyer tout de même.

Elle s'était montrée patiente, rassurant Cléo lorsqu'elle s'était décrétée "super moche" sur les polaroïds que Cathy lui montrait au fur et à mesure. Il fallait simplement qu'elle se *détende*.

> SE DÉTENDRE : libérer son esprit des sources de préoccupations, d'une tension nerveuse ou intellectuelle, se décontracter, être sans conflit, sans agressivité.

Le billet de cent francs avait surpris et embarrassé Cléo : on ne savait pas si elle serait retenue et ses parents ne voulaient pas avoir de dettes…

Ça n'était en aucun cas une avance sur la bourse, mais le juste dédommagement pour son temps, avait expliqué Cathy. Et on ne disait pas "payée", mais "rémunérée".

Mais ça – Cathy avait sorti d'un sac en plastique rose un justaucorps vert émeraude – c'était cadeau.

Son père avait sifflé comme un jeune homme lorsque Cléo avait sorti le billet de sa poche, sa petite fille était une star ! Il avait longuement regardé les polaroïds offerts par Cathy : c'était bien sa Cléo, très naturelle. On pourrait en offrir un à sa grand-mère.

Cléo avait insisté pour dîner en justaucorps, sa mère en avait inspecté les coutures, impressionnée : Repetto c'était autre chose que Carrefour. Mais il fallait avoir les moyens.

Cathy avait rappelé deux jours plus tard, proposant d'inviter Cléo au restaurant le mercredi midi pour *discuter*, le père de Cléo s'était montré soucieux : pourvu que ça ne soit pas l'annonce d'une mauvaise nouvelle.

Cléo assise face à Cathy dans cet établissement parisien aux murs ornés de portraits d'habitués : Delon, Christie Brinkley, Brooke Shields. Cléo, treize ans, quatre mois et onze jours, qui pointe du doigt à Cathy une présentatrice télé, à la table voisine, aussitôt tancée d'un *ça ne se fait pas.* Cléo qui acquiesce, même si elle ne sait pas vraiment ce dont Cathy parle quand elle clame qu'une artiste se doit d'être *ouverte. Pas coincée.*

Si le dossier de Cléo est retenu, il lui faudra faire preuve de *maturité* devant les jurés. Leur montrer ce qu'elle a dans le ventre.

Cléo qui acquiesce, même si elle ne sait vraiment pas ce dont Cathy parle, sauf que ce discours entérine une frontière entre ses parents et elle. Et quelle chance d'être du bon, du beau côté de la frontière. Cléo qui, en ce jour, aime éperdument le décor de sa nouvelle vie : la lourde nappe immaculée, raide comme un drap de la campagne, l'empressement du serveur, les manières de Cathy qu'elle calque : la petite fourchette pour la tranche de saumon fumé, les lèvres qu'on tamponne avec la serviette au liseré grenat. Les regards appréciateurs de deux hommes venus saluer Cathy, qui s'attardent sur elle, Cathy est toujours si bien accompagnée.

Cléo assise en tailleur sur son lit, le soir, qui, dans son journal, fait le serment de se montrer "à la hauteur". Pourquoi elle, 1 m 68, châtain aux yeux noisette ? Et pourquoi pas elle ?

L'un des membres les plus influents du jury avait lu son dossier et souhaitait la rencontrer ! Cathy promit à la mère de Cléo qu'elle resterait avec elle le temps de l'entretien.

L'homme qui leur ouvrit la porte de l'appartement semblait plus âgé que son père ; Marc s'adressait à elle avec le ton soucieux d'un proviseur : beaucoup de jeunes filles s'emballaient dès lors qu'elles passaient la première sélection. Mais si Cathy repérait les potentiels, lui était chargé de s'assurer que les projets étaient dotés d'un petit quelque chose en plus.

Que pensait-elle avoir de particulier ?

Ses sauts. Ses fan-kicks ! Et… elle n'était jamais fatiguée. Les six heures de danse par jour du stage new-yorkais ne lui faisaient pas peur.

Son dossier était prometteur. Mais il manquait un peu de *peps*, c'était un peu *scolaire*.

Cathy penchée vers elle, douce : tu comprends ? *Scolaire, c'est sage*.

Un peu trop sage, renchérit Marc.

Le cœur de Cléo à la place de son estomac, son estomac dilaté jusqu'à la gorge, le cœur large comme une flaque noirâtre à ravaler, terminé les mines complices, les attentions et Paris.

On était là pour ça, rassurait Cathy. On formait une équipe, on trouverait ensemble ce petit quelque chose qui la distinguerait des autres.

Cléo rageait de s'entendre chevroter d'une voix de bébé, sur ce ton de vaincue, qu'elle n'avait rien de spécial, rien de rien : sa mère l'avait même confondue avec un autre nourrisson, à la maternité. Heureusement qu'elle avait ce truc, une tache de naissance, dit-elle, indiquant sa cuisse au travers du pantalon.

Amusant, ça. Bon, Cléo était-elle *cap ou pas cap* ?

En entendant cette expression démodée, Cléo avait failli éclater de rire mais elle s'était contentée de déboutonner son pantalon, montrant du doigt la marque brune à la lisière de sa culotte.

Cathy lui avait fait signe de se rhabiller, l'avait remerciée, il était temps de repartir.

Dans la voiture, elle lui avait tendu un billet de cent francs et un cube enrubanné, il lui porterait chance quand elle ferait face aux jurés, bientôt : Opium d'Yves Saint Laurent. Son parfum. Elles partageraient la même odeur. *(Clin d'œil.)*

Quelle chose valait cent francs ? Avoir eu l'idée de parler de sa tache de naissance ? Avoir baissé son pantalon ? Elle n'avait même pas dansé !

Oser, avait répondu Cathy. Ne pas s'être laissé démonter. Savoir improviser était essentiel pour une danseuse. Les jurés s'emploieraient à la déstabiliser. À charge pour les candidates motivées de garder le cap. Comme sur scène.

La fierté de son père lorsque Cléo lui avait annoncé que tout s'était bien passé sans aller plus avant. Il y avait de l'excitation à dissimuler l'ébauche d'une existence parallèle, et ces adultes qui se penchaient sur son avenir. Le secret de Cléo avait la saveur d'un étourdissement. Elle triomphait de ses parents en toute discrétion. L'appartement serait un îlot secret, avait dit Cathy, Cléo pourrait s'y révéler, devenir qui elle rêvait d'être.

Avant de s'endormir, Cléo avait humé Opium à petites inspirations, nuage de fumée sucrée.

Le danger avait l'haleine tiède d'un animal assoupi.

Ces cadeaux que Cathy lui offrait chaque fois qu'elle venait à la MJC. Pour célébrer la fin de l'hiver. Pour le triple tour réussi. Pour son 15 en français. Pour rien. Parce que.

Un brillant à lèvres à la noix de coco, un poster du film *Flashdance*, un journal intime qu'on pouvait fermer d'une clé miniature – autre *îlot*. Un mini coffret bleu gravé Christian Dior : une palette de fards à paupières. La poudre soyeuse sous la pulpe de son index, mordorée, marron glacé et vert kaki. Cléo avait bredouillé qu'elle ne pourrait l'utiliser ni au collège, ni à la maison. Mais en sa compagnie, elle pourrait, avait objecté Cathy. Elle pourrait tout faire.

Le lendemain matin à la récréation, Cléo, treize ans, cinq mois et deux jours, s'était perchée avec nonchalance sur le muret de la cour, l'hiver et la buée emmitouflaient les mots qu'elle débitait à la vitesse d'un ballon échappé du jeu : elle lui en avait bouché un coin, au vieux Marc, elle avait su *improviser*, la bourse, c'était dans la poche. Serrées autour d'elle, certaines fronçaient le nez : de quelle capacité "exceptionnelle" avait-elle fait preuve ? Cléo, la mine lasse, réexpliquait : c'était une question de *maturité*. Les quatrièmes se passaient le flacon d'Opium sous le préau du collège, à l'abri des surveillants. Elles entrouvraient précautionneusement la palette Dior ; ce que c'était beau. Et hyper cher. On n'en trouvait qu'au Printemps Nation. Aline, en 3e 4, persiflait que personne ne donnait rien pour rien. C'était louche, ces cadeaux. Cléo haussait les épaules, Cathy connaissait plein de gens qui travaillaient pour des marques, et qui avait parlé de "rien" ? Constituer un dossier solide, c'était du boulot.

Bref : qui voulait aller au ciné dimanche après-midi à Vincennes ? Cathy lui avait recommandé *L'Année des méduses*, Valérie Kaprisky était super belle !

Après le film, Cléo avait payé un chocolat à celles qui l'accompagnaient, le serveur avait recompté les pièces abandonnées en pourboire : cinq francs, elle n'avait pas fait erreur ?

Chez le fleuriste, Cléo avait choisi l'orchidée la plus chère et l'avait offerte à sa mère. Le billet de cent francs, ce rectangle froissé, faisait se déployer un monde d'amitiés nouvelles. Cléo régalait de glaces et de gaufres, elle offrait des vernis, le nouveau numéro de *Première*, qui voulait un chouchou rose fluo ? Cléo, dont on attendait la suite des aventures. Dans la cour, on s'agglutinait autour d'elle qui partirait à New York après le bac pour intégrer l'école de *Fame*. Elle, à qui Cathy avait acheté un numéro de *Mademoiselle*, un magazine de mode américain, pour améliorer son niveau d'anglais. Elle, qui était allée voir un film interdit aux moins de seize ans : *La Femme publique* de Zulawski. Cathy l'avait maquillée dans la voiture pour que ça passe, hyper marrant ! Elle, qui arborait un blouson aviateur tout neuf. Elle, qui récitait : Cathy ne *supporte* pas la médiocrité. Sophie Marceau plaisait peut-être aux parents et à *Paris-Match* mais elle était *conventionnelle*, à l'inverse de Brooke Shields.

Un samedi, Cléo avait feuilleté un livre de photos dans une librairie, elle s'était attardée sur un cliché de l'actrice américaine à l'âge de douze ans, nue dans une baignoire sabot, son torse plat luisant d'huile, le regard lourdement fardé, toute de lèvres fuchsia et de cils noircis. Cathy, penchée au-dessus d'elle, avait murmuré : *sublime*, Brooke brisait les *codes*.

Décidément, cette Cathy était une bénédiction, se réjouissait son père lorsque Cléo leur vantait une exposition, s'enfermait dans sa chambre pour finir *L'Amant* de Marguerite Duras *recommandé* par Cathy.

Le quatrième mercredi, Cathy lui annonça que son dossier avait passé la troisième et dernière sélection : Cléo rencontrerait les jurés la semaine suivante, lors d'un déjeuner "informel" à l'appartement. Il lui était malheureusement interdit d'être présente quand l'une de ses *chouchoutes* était évaluée. *(Petite moue dépitée.)* Marc viendrait la chercher en bas de chez elle et la raccompagnerait. Cathy lui passerait un coup de fil le soir. Les battements de son cœur, dispersés jusqu'au ventre, au moment où Cathy avait posé une main fraîche sur sa joue : *j'ai confiance en toi*. Ses peurs, sa timidité s'étaient évanouies : elle irait seule et convaincrait le jury, pour ne pas décevoir Cathy. Cette passion de Cléo pour l'épate, que sa mère réprimandait d'un : *Tu te prends pour qui*, le regard de Cathy prouvait à Cléo qu'elle venait d'y parvenir, en se rendant seule au déjeuner, sans protester.

Cléo était rentrée chez elle épuisée comme après une sieste trop longue ou un bain trop chaud.

À ses parents qui la pressaient de raconter en détail le déjeuner, elle avait répété la phrase de Cathy : rien n'était joué encore. Mais il y aurait une prochaine fois. C'était bon signe.

Son père s'était amusé de ses mines mystérieuses, Cléo paraissait sortir d'un entretien d'embauche assorti d'une clause de confidentialité.

Un entretien qu'elle avait craint de faire échouer à deux reprises : à son arrivée, Marc lui avait pointé du doigt trois jeunes filles assises sur le canapé du salon, à peine plus âgées qu'elle. La déception de Cléo avait été telle que Marc l'avait réprimandée : elle n'imaginait tout de même pas qu'elle était la seule à concourir pour la bourse ?

Cléo, danseuse : lorsqu'elle s'était présentée aux jurés, au nombre de quatre, un homme lui avait demandé si elle aimerait se rendre à Garnier, un dimanche après-midi, en sa compagnie. Garnier ? C'était quoi ? Le type avait fait taire les rires, il lui avait expliqué. Aussitôt, telle une voiture de course acharnée à ne pas quitter la piste, Cléo avait repris la main : ça ne lui disait rien d'aller voir du classique, ce qu'elle aimait, c'était le modern jazz. Genre *Flashdance*. Il l'avait vu ?

Une serveuse blonde et élancée comme un mannequin servait et débarrassait, Cléo déposait de minuscules bouchées d'un dessert précieux sur sa langue, osant à peine craqueler du bord de la cuillère la meringue crème ornée de cœurs roses. Elle avait réussi à ne pas se tromper de couverts pour le poisson. Elle n'avait pas saucé son assiette. Les autres filles paraissaient également concentrées.

Cette beauté feutrée des conversations sérieuses autour d'elle, cette élégance de la serveuse, le sucre candi dans la mini soucoupe vert jade, tout ce à quoi elle avait droit, elle, et pas sa mère, Cléo avait envie de pleurer sur la vie sans éclat de sa mère, envie de lui rapporter la petite boîte d'allumettes dorée, étranglée d'amour pour celle qui n'avait pas la chance inouïe qui était la sienne.

L'un des jurés avait loué la simplicité de sa tenue : quand on était fraîche comme elle, un jean et un tee-shirt, c'était parfait, les jeunes filles d'aujourd'hui avaient une propension à la vulgarité qu'il déplorait.

Il s'appelait Jean-Christophe, il était vêtu comme pour un mariage, d'une chemise et d'une veste sombre. Au moment du café, il s'était levé de table et lui avait proposé de "faire connaissance" au salon.

Comme Cathy, il s'enquérait de son avis, ses opinions. Il se penchait sur elle pour lui réciter un poème, chuchotait à son oreille, un frisson jusqu'en bas du dos de Cléo.

Il avait beaucoup entendu parler d'elle. Cathy était fan ! Maintenant il comprenait pourquoi. Il serait heureux de participer d'une façon ou d'une autre à son bel avenir. Est-ce que ça veut dire que j'ai la bourse ? avait-elle demandé. Jean-Christophe avait souri, c'était aller un peu vite en besogne…

Déjà ! s'était-elle exclamée quand Marc lui avait indiqué sa montre. Mais elle n'avait rien fait ! On ne lui avait posé aucune question sur son projet ! Elle qui avait apporté ses affaires de danse, dans son sac, au cas où…

La prochaine fois, avait promis l'homme. Je peux ? avait-il demandé. Cléo avait hoché la tête. Les lèvres de l'homme sur sa joue, son souffle léger dans son cou, rapide : cette vanille donnait envie de la dévorer. Avait-elle envie d'être dévorée ? La prochaine fois ?

Elle avait rangé le billet de cent francs dans la boîte à biscuits où elle conservait des cartes postales. Cléo s'imaginait le tendre à ses parents et ainsi mettre fin à l'acrimonie de sa mère, elle se plaignait d'être la seule à faire les comptes, fustigeait les achats inutiles de son père, lequel ripostait qu'elle n'allait pas lui dicter ses goûts. L'amour effiloché, c'était se reprocher de ne pas compter de la même façon. Cléo les écoutait depuis sa chambre, à l'abri, elle était ailleurs, tout au bord de l'immense.

Le mercredi suivant, à ses parents étonnés qu'elle dût encore une fois rencontrer les jurés, tout comme aux filles du collège, Cléo avait récité : au vu de la somme que représentait la bourse, il était compréhensible que les jurés se montrent pointilleux. Les déjeuners étaient une façon *moderne* d'évaluer les candidates. Tout comptait. Surtout la *maturité.*

Cathy, à qui Cléo avait mentionné au téléphone cette deuxième épreuve, s'était réjouie : elle avait entendu dire que Cléo avait *séduit* un juré, elle avait écrasé la concurrence, l'avenir de Cléo était entre ses mains.

La fois précédente, Cléo n'avait pas vu la rousse d'une vingtaine d'années en corsage ajusté qui l'accueillit ce jour-là avant de ranger son sac US dans une penderie. Paula était l'indispensable assistante de Cathy, expliqua Marc. Cléo l'observait, la jeune fille s'affairait, se rendait à la cuisine, indiquait à chacun sa place à table. Était-elle étudiante, actrice, sportive, avait-elle touché la bourse ? Cathy l'emmenait-elle également au cinéma ? Lui avait-elle offert son parfum ?

Cléo était prête ; aujourd'hui, elle s'extirperait de cet anonymat de "presque élue", elle aussi deviendrait indispensable. Comme Paula.

Assise aux côtés de Jean-Christophe, elle bavardait avec entrain, imitait une copine, Valérie avait traité la prof d'anglais de pute en cours, elle parodiait l'accent américain de Stan : il trouvait que se rendre à "New Yooork" était "un peu préymaturrey" pour Cléo. Mais elle n'en avait rien à faire ! Elle lui prouverait qu'il avait tort. Jean-Christophe se tournait vers Marc, quelle guerrière, cette Cléo !

Il avançait une petite fourchette à l'orée de ses lèvres, ces huîtres étaient divines, Cléo avait poliment décliné, elle n'aimait pas ça. Et le champagne non plus, trop amer. Les autres filles trinquaient, elles, lui avait fait remarquer Marc de sa voix de proviseur. Assises à l'autre bout de la table, elles ne lui jetaient pas un regard, toute à leur conversation avec deux hommes à peine plus jeunes que Jean-Christophe.

Jean-Christophe avait parcouru son dossier. Et…

Penses-tu être une fille Galatée, Cléo ?

Marc, les bras croisés, attendait sa réponse, comme lors de leur première rencontre. Les autres convives ne semblaient pas remarquer ce vide inquiet dans lequel Cléo s'enfonçait, creusé par le ton grave de la question.

Oui bien sûr qu'elle était une fille Galatée car la danse était toute sa vie, tout, elle travaillerait deux fois plus, et pareil pour l'anglais, d'ailleurs depuis qu'elle allait voir des films en VO, ça allait mieux.

Les autres aussi travaillent dur, dis-moi pourquoi je devrais te choisir toi plutôt qu'elle, là-bas ?

Il indiquait une fille aux joues rondes assise à table, à côté d'un autre juré.

Cléo était-elle plus… moderne ? Plus aventureuse ? Moins… conventionnelle ? Elle qui était une artiste ?

Elle opina, oui. Oui oui.

Cléo avait de la chance, il adorait les danseuses. Les préférait aux musiciennes. Elles étaient tellement décontractées. À l'aise. Comme elle, sa *petite fiancée adorable.* Cléo pouffait, elle était trop jeune pour avoir un fiancé.

Ami-fiancé, peut-être ? Pour commencer ?

Cléo avait-elle un petit ami de son âge ? Avec lequel… Non ? Cléo n'était pas *frigide* au moins ?

Le mot "frigide" fondu comme un plomb informe au creux de l'estomac de Cléo.

Au moins, Cléo ne s'était pas laissé *trifouiller* par un gamin qui ne savait pas ce qu'il faisait.

Tout le sang du corps de Cléo à l'arrêt, à l'écoute.

Pourrait-on considérer l'appartement comme un îlot de joies ? Un monde à part ? Loin de toute banalité ? Loin des conventions, des jugements liés à l'âge ? M'autorises-tu, Cléo ?

Je peux ?

Tous ces points d'interrogation, personne ne lui avait jamais demandé l'autorisation de quoi que ce soit, cette douceur, ce respect étourdissant de Jean-Christophe, Cléo adorait ça, ses mots dilués jusqu'au chuchotement. Mais la langue de Jean-Christophe était comme une huître dans sa bouche, morte et vivante, mouillée et visqueuse, qui bougeait trop et trop loin, l'odeur du vin se mêlait aux épices du plat en sauce, une haleine amère et stagnante, sa langue comme un instrument caoutchouteux qui cherchait, fouillait. Une envie irrépressible l'avait saisie, d'ôter de sa bouche des résidus de salive, de chair. Cléo s'était essuyé la bouche du dos de la main.

Eh bien c'est vexant ça, Cléo !

Cléo était-elle tendue ? Les danseuses étaient à l'aise avec leur corps, normalement. Jean-Christophe étonné. Vexé ? Déçu ?

Paula pouvait lui faire un massage décontractant, si nécessaire, suggéra-t-il. Elle excellait en la matière.

Je peux ?

Ferme les yeux Cléo.

Cléo, treize ans, cinq mois et combien de jours, avait acquiescé. Dire non c'était être *frigide.*

Derrière les yeux clos de Cléo, des voies lactées de losanges cuivrés défilaient, la partition modale du sang résonnait entre ses tempes, ce trafic avait le rythme d'un ressac. La robe de toile orange remontée, ses collants baissés, les jambes flasques, embrouillée. Attentive à ne pas rouvrir les yeux. Faire au mieux. Parce que ça n'était rien d'autre qu'une façon de la tester, d'être sûrs qu'elle ne se laissait pas démonter. Le métal d'une bague froide, les doigts tièdes et énervés, la respiration mouillée.

Te détendre Cléo…

Allez. Détends-toi

Détends-toi, bon sang

Les doigts comme des insectes agacés exaspérés de ne pas réussir à aller là où ils s'acharnaient à aller quand même, des insectes de nuit qui s'en iraient une fois la lumière rallumée, il suffisait de se tenir parfaitement immobile.

Pas très excitante. Un bout de bois, Cléo.

Pardon mais il fallait qu'elle aille aux toilettes. Pieds nus sur le carrelage, égarée dans cet appartement dont elle n'avait jamais vu que la salle à manger, elle poussait une porte, puis une autre. Assise sur la lunette, le souffle haché, Cléo comptait les petits carreaux bleus et beiges au sol. 5-6-7-ET-8. *Petite fiancée.* Était-ce bien ou mal ? Déjà une voix la hélait, CLÉOOO.

Jean-Christophe tapotait le canapé du plat de la main pour qu'elle reprenne sa place. Alors les mots de Cléo avaient emprunté le virage de l'*histoire* qui penchait, une improvisation : elle venait de s'en apercevoir, elle avait ses règles c'était la première fois très mal au ventre désolée.

Une autre fois.

Cléo marchait et les rues se croisaient dans un tracé de lignes énigmatiques, rue de l'Assomption, avenue Kléber, avenue de Wagram. La Seine semblait plus lourde et veloutée qu'à Nogent, le long de laquelle ses parents aimaient se promener au printemps. Cléo avait arrêté un passant, puis un deuxième, comment se rendait-on à Fontenay ? Aucun ne connaissait Fontenay.

Elle était montée dans le bus 30 sans réfléchir, un véhicule qui l'éloignerait de l'appartement. Cléo fermait les yeux, bercée par la tiédeur du chauffage à ses pieds, le ronronnement du moteur pendant les embouteillages. Le chauffeur lui avait indiqué où descendre pour rejoindre le RER, il lui avait offert un ticket demi-tarif, il devait penser qu'elle avait moins de treize ans.

Derrière ses yeux clos, les losanges étaient réapparus, un scintillement d'images en désordre, à la façon des diapositives que son père étalait sur la table du salon après les vacances. Les insectes. Les doigts. Les danseuses. Son oncle qui, tous les soirs de réveillon, guettait sa montre pour ne pas rater la revue du Lido retransmise à la télé. Il y avait travaillé comme serveur. Cléo connaissait par cœur l'anecdote : les danseuses s'éclipsaient par une porte discrète une fois le spectacle achevé, un taxi les attendait dehors, qui les soustrayait aux privautés de spectateurs persuadés d'avoir droit à elles. Le plaisir des yeux, disait son oncle en agitant l'index. Les danseuses, on ne les touchait pas.

Elle avait décliné le dîner, se contentant d'un yaourt ; son frère braillait qu'elle faisait un régime, son père levait les yeux au ciel, ils étaient reliés tous les quatre par un contrat implicite, celui d'une famille à laquelle quelques mercredis l'avaient soustraite. Cléo ne pourrait se plaindre à personne d'avoir été mordue. Elle appartenait au secret d'un appartement dont l'adresse lui était inconnue.

La tête lui tournait comme si on l'avait balancée d'un avion, solitude cosmique. Au milieu de la nuit, des nausées vides l'avaient saisie, des spasmes et de la bile. Cléo claquait des dents. Ses draps semblaient imprégnés de l'odeur du flacon d'Opium dissimulé sous son lit, un marécage de musc et de patchouli, Cléo ouvrait grand la fenêtre, l'air frais reculait, il ne dissipait rien.

Elle aurait voulu annuler le jour à venir en attendant de comprendre. Pas de salles de classe dans lesquelles l'attendraient des spectatrices avides de nouveaux épisodes : Cléo et Cathy, Cléo et Galatée, Cléo et les billets de cent francs. Rester calfeutrée dans sa chambre aux magazines et peluches sales entassées dans une valise, le tiroir du bas contenait une robe à carreaux datant de ses dix ans, sa mère se promettait de la donner au Secours populaire mais ne parvenait pas à s'en séparer.

Ses parents soupiraient souvent que Cléo prenait tout au tragique. Peut-être avaient-ils raison. Elle aurait mal compris ce qui s'était passé au déjeuner et d'ailleurs que s'était-il passé.

La voix badine de Cathy au téléphone, le surlendemain, avait empli Cléo d'un soulagement empreint d'espoir. Comme au début. Mais pas tout à fait comme au début. Cathy laissait de longs silences à l'autre bout du fil, qu'y avait-il dans ces silences que Cléo comblait, s'excusant : elle avait été mal fichue.

Son cœur brinquebalait entre ses côtes flottantes, celui d'un chiot qu'on a puni et qui ferait n'importe quoi pour qu'on le caresse encore. En raccrochant, elle l'avait senti, déposé sur ses poumons, léger : un nénuphar, comme dans ce roman de Boris Vian qu'elle avait lu en cours de français. Pas le symptôme d'une maladie, au contraire, mais les prémices d'une guérison : tout n'était pas perdu. Cathy avait offert qu'elles *discutent.* Il faudrait se montrer à la hauteur de cette deuxième chance.

Sur la banquette bordeaux de la brasserie, Cathy l'attendait, toute de lumière, pull bleu ciel et pantalon blanc.

Les déjeuners servaient à tester sa *capacité d'adaptation.* Allait-elle s'enfuir en courant chaque fois que *quelque chose de pas conventionnel* surviendrait ? Claquerait-elle la porte au nez d'un professeur fantasque, à New York ?

Cléo en était certaine : Cathy ne savait pas, pour les doigts. Sinon elle en aurait parlé. Cathy était tout entière du côté du beau. Dévouée à l'exceptionnel. Cathy détestait ça, *la faiblesse de caractère*.

En avait-elle fait preuve, Cléo, au déjeuner, qui avait laissé les gestes s'accomplir ? Ou en avait-elle fait preuve, Cléo, au déjeuner, qui n'avait pas assez laissé les gestes s'accomplir ?

Cette honte des doigts contre cette honte d'être *frigide*.

Serait-il possible, la prochaine fois, d'être aux côtés d'un autre juré que Jean-Christophe ?

Cathy, soupçonneuse : et pour quelle raison ? Il abusait un peu du champagne, certes, mais c'était un homme compétent. Par ailleurs, il s'était montré très compréhensif au téléphone, n'avait pas du tout *fermé la porte* à Cléo. Pour lui, elle avait besoin de réfléchir à ce qu'elle désirait *vraiment*.

Cléo avait opiné, désirer *vraiment* la bourse, était-ce désirer les doigts ? Ne pas désirer les doigts, de quoi était-ce la preuve ?

Cathy l'avait déposée en bas de chez elle, elle lui avait tenu la portière grande ouverte : une invitation à réintégrer son monde d'avant, sans avenir et sans Galatée.

La Cléo hagarde du printemps 1984 était une marionnette dont on aurait tranché les fils, démantibulée, petit tas dysfonctionnel que ses parents montraient, tel un paquet de linge mystérieusement malodorant, à des médecins : un gastroentérologue pour ses vomissements, une dermatologue pour une urticaire de plaques dures et violacées, un allergologue pour un asthme nocturne.

La nuit, accrochée à la couverture turquoise, ses haut-le-cœur la secouaient, des sanglots, sa mère lui tenait la main, son frère se blottissait contre elle, qu'est-ce que t'as Cléo ?

Ce qu'elle avait était une peine que multipliait une autre ; des mensonges multipliés par d'autres.

Une honte qui en dissimulait une autre. La honte de s'être laissé faire et la honte de ne pas avoir su se *détendre* pour se laisser faire.

On ne va pas en faire toute une histoire, avait dit Marc, après.

Dix jours sans danse, même à son âge, ça se payait : à la fin du cours, Stan s'était moqué de sa mine cramoisie, essoufflée. Quand elle était ressortie du vestiaire, il l'avait rattrapée : la dame qui venait parfois la chercher l'attendait dehors.

Elle avait tendu sa joue précipitamment à Cathy, le genou cogné au levier de vitesses, le nez dans les cheveux traversés d'Opium, bouleversée du rire tintinnabulant.

Pour le moment, le dossier de Cléo était sur "Pause". Il fallait que Cléo gagne en *maturité.* Mais Cathy avait plaidé sa cause à la fondation. Et ils avaient pensé que peut-être,

Si tu es intéressée par cette proposition

> PROPOSITION : le fait de soumettre quelque chose à la réflexion de quelqu'un. 2 : offre d'achat faite à voix haute par un commerçant. Synonymes : offre, suggestion.

Avant même de savoir quoi pourquoi comment, Cléo avait hoché la tête avec force ; une proposition, c'était un autre chapitre, pas un point final. Oui, elle était intéressée.

Mais… Cléo ne savait pas même ce que Cathy allait dire, s'étonnait cette dernière *(clin d'œil).* Elle retrouvait sa championne ! Ne pas s'appesantir sur le passé et aller de l'avant ! Pile ce que Cathy recherchait pour ce job d'assistante.

Un dernier doute, infime, avait saisi Cléo : et si elle ne savait pas faire ? Serait-elle exclue de Galatée pour toujours ?

Est-ce que tu me fais confiance, Cléo ? Est-ce que Cathy lui avait déjà menti ? *J'ai du flair, n'oublie pas.*

Une professionnelle de treize ans, six mois et huit jours, qui s'était aussitôt organisée avec la ferveur qui s'attache aux bonnes résolutions de nouvelle année. Elle serait digne de ce travail *rémunéré* par la fondation Galatée. Nulle jalousie envers celles qu'elle sélectionnerait, car son tour viendrait. Cathy le lui avait promis : les bénéficiaires des bourses avaient entre treize et quinze ans. Cathy avait eu tort de précipiter les choses. L'année prochaine, elle se représenterait.

Comme au premier jour, la nouvelle annoncée en virevoltant à ses parents : apprendre quelque chose de nouveau, sélectionner des dossiers, gagner un peu d'argent. L'appétit lui était revenu avec la soudaineté d'une pluie d'été : tiens, elle n'était plus malade, son frère s'en doutait, c'était du flan !

Bien joué, avait dit son père : tu as un pied dans la porte. La bourse, tu l'auras. Bien joué, avait dit sa mère : du moment que tu n'y consacres pas trop de temps.

Elle avait acheté un cahier au Monoprix, cent cinquante pages de petits carreaux. Des intercalaires. Deux stabilos.

Les prénoms dans la colonne de gauche. Dans celle de droite : les projets de chacune. Leurs rêves. Un intercalaire bleu pour les filles du collège, rouge pour les élèves du centre de danse. Cathy avait conseillé à Cléo de privilégier celles qui venaient d'un milieu modeste. Pas les ambitieuses, qui rêvaient de carrière. La fondation Galatée était à vocation sociale.

La première fille abordée dans les vestiaires de la MJC, apprentie comédienne qui se plaignait des tarifs du cours Florent, s'était montrée dubitative : jamais entendu parler de la fondation Galatée. Cléo avait déroulé avec conviction l'argumentaire. La fille lui avait laissé son numéro de téléphone.

Cathy avait fait la moue : dix-sept ans ? Si la fille avait du potentiel, elle aurait déjà été *repérée.* Et puis à cet âge, les petits amis mettaient leur nez partout. Les hommes, c'était encombrant. *(Clin d'œil.)*

Au collège, quand elle avait expliqué sa nouvelle fonction, Cléo s'était aussitôt trouvée dotée d'un pouvoir plus magnétique encore que lorsqu'elle avait été l'Élue. On lui confiait des désirs, on lui demandait d'évaluer des "projets". On voulait savoir comment les sélections se déroulaient.

Cléo-Cathy en donnait une version policée, sans mention de Jean-Christophe ni de *doigts.* La fondation était réglo : elle *rémunérait,* une compensation du temps passé à finaliser le dossier.

Mais recruter pour la fondation se révélait plus complexe que prévu. Il y avait celles qui n'osaient pas, celles qui s'en fichaient du futur. Celles qui n'avaient pas de rêves. Celles qui devraient en parler à leurs parents et elles ne le faisaient pas. Celles qui préparaient leur BEPC.

Cathy appelait : *Tu ne m'oublies pas ?*

Passe-la-moi exigeait sa mère d'un geste impérieux, aussitôt rajeunie :

Bonsoir Cathy ! Il faudrait venir dîner un de ces soirs.

Assise en tailleur sur la moquette rouge sombre de sa chambre, l'appareil en équilibre sur ses genoux, l'haleine tiède de Cléo contre le plastique du combiné, elle chuchotait, un chuintement de consonnes bousculées : faudrait qu'je sache c'que t'as décidé pour mercredi. Ton projet il m'a l'air costaud ça serait top que tu aies la bourse. Mais faut passer plusieurs entretiens…

Le ruban des murmures serpentait dans la pénombre. La lampe de chevet éclairait les posters punaisés au mur : franges brunes frôlées de faux cils, la pointe d'un pied arqué, un ventre nu irisé de paillettes, les danseurs de *Champs-Élysées* en couverture de *Télé 7 Jours*.

Depuis le couloir, la voix de sa mère : Cléo, j'ai des appels à passer, dans cinq minutes tu raccroches. Le souffle de Cléo au creux de sa paume moite : ma mère s'énerve faut que j'y aille, je t'inscris ?

Cette conversation, réitérée des dizaines de fois.

Les prénoms dans la colonne de gauche. Les numéros de téléphone en dessous.

Elles commençaient lentement à se contaminer. Des troisièmes hélaient Cléo : hé on voudrait te demander un truc. Elles voulaient être comédiennes, faire un stage chez Jean Paul Gaultier, enregistrer un album, prendre des cours de tennis. Impatientes d'être jugées, notées, choisies.

L'une avait entendu que cette autre était sélectionnée. À qui elle ne connaissait aucun talent. Elle aussi voulait rencontrer Cathy. La fille au bord des larmes si Cléo hésitait, réfrénant un tu fais chier Cléo, parce que Cléo *était* la fondation, Cléo disparue, *dévorée*, Cléo-Cathy.

Après l'avoir rencontrée, elles accouraient vers Cléo dans la cour : elles ne la remercieraient jamais assez de les avoir encouragées à se présenter. Cathy était su-bli-me. Elles iraient faire du shopping avec elle samedi. Après la promenade en bateau-mouche la semaine d'avant, demain, ce serait la photo pour finaliser leur dossier.

Chacun de ces épisodes, les mêmes. Un pull, un parfum, des places de théâtre, un restaurant.

Cathy, au téléphone un soir sur deux, plus rien qu'une voix, flattait Cléo pour telle ou telle. Cette autre, en revanche : non.

Comme un chien de chasse patiemment dressé à ne plus rapporter de bêtes non comestibles, un chien qui finit par savoir ce qu'il cherche sans savoir comment il le sait, Cléo-compas-dans-l'œil Cléo-estimation-des-biens guettait la pointe de l'os iliaque apparente sous le slip dans les vestiaires du cours de danse, appréciait le soyeux d'une joue. Les dents bien rangées. Le lissé d'un blond. La façon dont des sourcils cendrés s'accordaient aux paillettes d'un iris.

Des troisièmes du collège privé de la Providence l'apostrophaient : Cléo ne se souvenait pas d'elles ? Au cours de Madame Nicolle ? Elles minaudaient : ce n'était pas l'argent qui les intéressait, ça non. Mais de se créer un réseau. Une bourse d'excellence c'était important pour après : Sciences Po valorisait les initiatives prises dès le collège. Elles savaient se vendre, alignaient leurs aptitudes, les langues qu'elles maîtrisaient ; lorsque Cléo leur donnait un rendez-vous qu'elles estimaient trop lointain, elles poussaient de petits miaulements de précieux chatons, indignées de devoir attendre leur tour.

Les filles du lycée pro Maximilien-Perret abordaient la possibilité d'une bourse comme un job. Elles ne s'en cachaient pas : elles n'avaient aucun projet. Mais besoin d'argent. Cléo les aimait pour leur façon impavide de passer un marché, de siffler pour héler une copine, de garder les écouteurs de leur walkman rivés aux oreilles quand on s'adressait à elles, de se serrer le ventre dans des jeans clairs et de rire en renversant la tête en arrière. Leur quotidien à elles ne vacillerait pas pour des *détails.* Elles ne claqueraient pas la porte de l'appartement, affolées par un Jean-Christophe. Des "pros" qui ne feraient pas de vagues, que Cathy appréciait.

Cléo ne faisait plus que la croiser, tous les mercredis à 15 heures, place de la Mairie. Cléo présentait la nouvelle à Cathy, *roucoulement / futur / flair*.

Cathy *rémunérait* Cléo.

Iraient-elles bientôt à Paris toutes les deux ? quémandait-elle, honteuse, au moment de se quitter.

Cléo quittait l'enfance sans à-coups. Les jours la traversaient, lents et opaques. Ses parents l'émouvaient, ces efforts qu'ils faisaient pour tenir leur rôle de parents, pour faire mine de suivre, leurs questions le soir, au dîner, et les réponses de Cléo, qui divisait tout par deux : les sommes qu'elle gagnait, le temps qu'elle y passait, le labyrinthe qu'elle habitait. Elle observait leur cécité avec calme, l'indulgence d'une étrangère de passage. Sa mère affirmait qu'elle "sentait" ses deux enfants, nul besoin de longues conversations. Sa mère lisait assidûment la rubrique "Psycho" des magazines.

Le jeudi matin, à la grille du collège, l'Élue exhibait un foulard Kenzo tellement BEAU. Cléo demandait si tout s'était bien passé, à la façon des serveurs de restaurant. Parfois, il lui semblait croiser un regard fuyant, un langage muet de pénombres et de gênes.

Ses notes avaient plongé sous la moyenne, les autres chiffres, ce rythme des cours de Stan, lui tendaient les bras pour qu'elle s'y accroche, ET-5-ET-6-ET-7.

Ses parents s'étonnaient de l'ardeur avec laquelle Cléo débarrassait la table, rangeait sa chambre, jouait aux sept familles avec son frère. Cléo y trouvait un plaisir douloureux, elle jouait à être celle-là qu'ils aimaient, à endosser les contours d'une silhouette perdue, enfuie, à la façon des étoiles mortes dont on louait le scintillement : l'enfant Cléo.

Cléo s'imaginait tout leur dire mais ce "tout", ils le connaissaient déjà. Cléo aidait Cathy. Il n'y avait rien à révéler. Ses parents se félicitaient de la maturité nouvelle de leur fille. Cléo, ce personnage sans raison ni logique, qui cachait des billets qu'elle ne comptait plus, la plus jeune du cours de danse et la plus vieille de toutes les collégiennes, aux jours rafistolés de mensonges savants, aux jours cousus et recousus pour qu'ils tiennent bon.

Il lui faudrait tenir une année, le temps de grandir, alors, sans doute, elle acquerrait la maturité nécessaire aux déjeuners, aux *doigts*.

Elle avait eu ses règles pour la première fois. Seule dans la salle de bains, sa mère derrière la porte lui expliquait comment s'y prendre pour mettre un tampon. Se détendre. Sa mère, derrière la porte, lui enjoignait de "forcer" un peu, ça n'était pas sorcier, il n'y avait pas de quoi en faire une histoire, pas de quoi se mettre à pleurer de la sorte, pour un tampon.

“Paraît qu’c’est toi, Galatée ?”

Elle avait apostrophé Cléo sous le préau, une petite longue comme un fil tendu, vêtue d’un large blouson assorti à son jean neige qui laissait voir des chaussettes ornées d’une Alice Disney.

Cléo avait récité : effectivement, elle avait un job à la fondation Galatée, aussitôt interrompue d’un “blablabla” narquois.

Galatée était peut-être une fondation mais c’était surtout un personnage mythologique : la création d’un sculpteur prénommé Pygmalion, tellement amoureux de sa statue qu’il lui avait fait prendre vie. Le ballet *Coppélia* était basé sur le même mythe, avait conclu la petite pour parachever l’humiliation d’une Cléo abasourdie, mise à l’épreuve de son ignorance par une cinquième, devant les autres élèves.

Betty paraissait si sûre d’elle pour son âge : douze ans et demi. Elle était en 5e 2 et régnait sur la MJC de Fontenay, élève du cours de classique avancé. Au collège, ce statut ne lui conférait pas grand-chose, ce qu’elle compensait par des saillies telles que celle qui avait cueilli Cléo.

Betty voulait postuler. De sa voix zézayante (elle portait un appareil dentaire depuis peu et peinait sur les diphtongues) elle avait énuméré le prix des paires de pointes, celui des cours particuliers pour préparer le concours du conservatoire. Cléo l'écoutait, à l'affût d'une pause qui l'autoriserait à lui répondre, mais la fille aux sourcils broussailleux et aux yeux clairs, avait ramassé ses cheveux en chignon bas d'un coup de poignet, abandonnant quelques virgules à ses tempes, puis, un arc tendu jusqu'au bout des doigts effilés, le bout de son pied au ciel, elle s'était déployée sous les yeux des surveillants divertis. L'arabesque c'était ça. Et pas ça : Betty avait esquissé un lever de jambe raide fort semblable à celui que Cléo s'enorgueillissait de réussir.

Certaines filles, en cinquième, portaient leur enfance comme un fardeau, elles mesuraient près d'1 m 70, les bretelles du soutien-gorge laissaient une marque sur leurs épaules. D'autres, au contraire, tenaient leur adolescence en respect, elles fermaient leur veste de survêtement jusqu'au cou pour dissimuler un début de poitrine, stoïques sous le soleil printanier, leur pantalon était constellé de taches de Nutella. Betty se tenait en équilibre dans un entre-deux gracieux. Jolie et déjà belle. Elle jouait à la balle au prisonnier et portait du mascara. Elle amusait, un papillon, on n'osait pas avouer qu'on craignait ses moqueries, ses imitations. Tout, chez Betty, ajoutait à son aura : son prénom ? C'était américain, un prénom de star. Et il y avait plein de chansons qui avaient pour titre "Betty", une de Bernard Lavilliers et une autre de Ram Jam, sa mère adorait ce truc, *"Whoa, Black Betty"*.

Sa peau ambrée ? C'était un cadeau de sa grand-mère maternelle, née au Belize. Un super beau pays, genre palmiers, plages Club Med, Betty irait, un jour. Son nom de famille ? C'était son père, à moitié albanais. Un pays super dangereux. Bah, elle ne le voyait jamais de toute façon.

Les élèves qui crachaient du "bougnoule" l'épargnaient : Betty était qualifiée d'"exotique".

Betty furetait, avide d'intégrer les clans qu'elle quittait aussitôt après les avoir séduits. À la cantine, elle posait d'autorité son plateau à la table de grandes de troisième, proposant son dessert en guise d'offrande. Quelques quatrièmes rassemblées autour d'une Élue l'éloignaient d'un revers de la main, continuaient leur conciliabule sans s'apercevoir que la petite était encore là, qui les écoutait se passer le numéro de téléphone de Cléo.

Assise en tailleur sur la moquette rouge sombre de sa chambre, l'appareil en équilibre sur ses genoux, l'haleine de Cléo contre le plastique du combiné : t'es trop jeune, Betty, la bourse c'est à partir de treize ans.

À l'autre bout du fil, le temps d'une respiration : pardon, Cléo, mais si toi tu as été repérée avec ton niveau de danse pas top, moi la bourse c'est dans la poche, ils feront une exception.

Depuis le couloir, la voix de sa mère : tu es encore au téléphone Cléo, j'ai des appels à passer, dans cinq minutes tu raccroches.

Le ruban des mots murmurés qui serpentait dans la pénombre : hé Betty, là, ma mère elle s'énerve, faut que j'y aille, c'est pas jouable, laisse tomber. Ta mère, elle voudra pas, en plus.

L'agacement de Betty, un chuintement de consonnes bousculées : toi t'as foiré, du coup ça t'énerve que j'essaye parce que je vais l'avoir, ta putain de bourse. T'as qu'à venir chez moi mercredi, tu verras, ma mère, si elle veut pas.

De part et d'autre du couloir de l'appartement, Betty était punaisée, encadrée. Sur la commode. Derrière les parois vitrées d'une bibliothèque. Sur le poste de télévision. Chacun des bibelots de cet appartement surchauffé semblait résigné à devoir céder sa place aux futures photos de Betty.

Bébé aux frisettes brunes dans les bras d'une jeune fille aux yeux chargés de khôl. Dans un champ de coquelicots, quatre ans environ, un bandeau rose dans les cheveux. Betty en justaucorps lilas et chignon, huit ans peut-être, au centre d'un groupe de fillettes, un spectacle d'école. Betty, le sourire victorieux, sur sa première paire de pointes. En tutu court, les cheveux sertis d'un diadème, portée par un jeune adolescent en collants noirs. Sainte Betty, le regard baissé, les mains croisées sur la poitrine, une couronne de fleurs artificielles ceignant son front. La fée Betty, un bondissement de tulle blanc saisi à un mètre du sol, en grand jeté. Miss Betty, en noir et blanc, d'immenses cils-pattes d'araignée frôlant ses joues. Félicitations du jury adressées à Mlle Betty Bogdani, médaille d'argent à l'unanimité du jury.

Sa mère, que Cléo avait prise pour sa grande sœur lorsqu'elle lui avait ouvert la porte, avait sorti du réfrigérateur une bouteille d'Orangina et disposé sur une assiette des tranches d'un gâteau recouvert d'un glaçage parme. Pour une fois que Betty invitait une copine.

Puis elle avait fait à Cléo l'éloge de sa fille : elle était sérieuse et fiable. Elle se rendait seule à l'école depuis ses neuf ans. Faisait du baby-sitting le week-end. Tout ça n'était pas suffisant pour payer les pointes, elle en usait deux paires par mois. Sans parler des cours particuliers : cent cinquante francs l'heure. Sa fille était promise à une carrière : elle indiquait de la main les preuves tangibles, fichées sur le mur, de cet avenir.

Betty cousait des rubans à ses chaussons sans intervenir, en enfant ennuyée par un débat de grandes personnes.

La mère de Betty sortait d'autres diplômes d'un tiroir et c'était tellement embarrassant, cette adulte qui suppliait Cléo de faire une exception, de se montrer compréhensive. Qu'elle consente à accorder rien qu'une chance à sa fille.

Elles avaient terminé le gâteau à la rose, regardé un feuilleton à la télé, Betty avait épongé le plan de travail et l'évier avec une méticulosité d'adulte.

Sa mère avait remercié Cléo de bien vouloir y réfléchir, elle l'avait embrassée, la poudre sur ses joues laissait un goût de violette jusque dans la bouche.

Ce soliloque silencieux résonnait, un staccato de syllabes, il rythmait chacune des heures de Cléo : pas Betty pas Betty pas douze ans, à la table des déjeuners, pas Betty du tout.

La gamine venait la trouver à chacune des récréations : alors ?

Elle l'appelait le soir : alors ?

Et, gémissante : les autres prenaient toutes des cours particuliers le samedi, le concours du conservatoire c'était impossible de l'avoir, sinon. Alors ??

Le mercredi 16 mai 1984 à 17 heures, Cléo marchait en direction de la place de la Mairie aux côtés d'une Anaïs ou d'une Stéphanie quand une voix, au loin, l'avait arrêtée : Cléo, hé, attends-moi attends.

Tous ces gestes qu'elle aurait pu faire : repousser Betty d'une tape dans le dos, lui faire rebrousser chemin, attraper Betty par le col de son blouson en jean et lui enjoindre d'arrêter son cirque, sa main aurait pu attraper celle de Betty comme on saisit un enfant sur le point de traverser une rue encombrée, sa main aurait dû se poser sur l'épaule de la petite, la forçant à rester à ses côtés. Une main qui aurait tenu bon, stoppé, prévenu, empêché, retenu, protégé. Une main ou des mots. Pas toi Betty. Va-t'en Betty. Ta gueule Betty.

Mais aucun mot n'était sorti de sa bouche. Aucun geste n'avait été esquissé. Cléo était restée spectatrice, elle avait laissé les choses se faire.

Cathy refermait la porte de la voiture, cheveux de rouille, rire d'étain.

Sans se soucier de Stéphanie ou d'Anaïs, la petite s'était plantée devant Cathy, avait déroulé la chronologie de ses médailles telle une ancienne combattante face à un président de la République. Cathy enchantée, amusée, divertie. Même pas treize ans ? *(Moue dubitative.)* Elle pourrait en parler à la fondation, certaines dérogations étaient parfois accordées…

Le soir même, Cléo s'était vue récompensée au téléphone d'un : *Sacrée trouvaille, ta Betty*.

Cléo balbutiait qu'elle n'y était pour rien, elle n'avait pas présenté Betty à Cathy. Cléo n'avait rien fait. Rien, justement. Cléo, treize ans, sept mois, était envahie de ce monologue connu d'elle seule dès lors que les bruits du quotidien cessaient, les volets fermés, ses parents couchés : le manège grinçant d'une ferraille de mots sans personne pour y mettre fin, personne pour reprendre le récit à zéro et examiner posément les faits, l'absoudre ou alors la condamner.

Betty – était-ce la semaine suivante ? – s'était avancée vers elle dans la cour, un sac de plastique rose transparent à la main : Cathy lui avait acheté des pointes sur mesure !

Tous les épisodes à venir, les pièces d'un puzzle si simple à assembler : la parfumerie sur les Champs-Élysées, les chiots de l'animalerie, le restaurant aux murs ornés de portraits de stars, les polaroïds, *oser ne pas se laisser démonter*, les billets qu'on range dans une boîte, chacun des épisodes jusqu'au dernier.

Un puzzle fait d'un bois sec dont les échardes s'infiltraient partout, dans le moindre interstice de silence, de repos. Cléo baignait dans une peur liquide, elle s'y noyait.

La ronde des médecins avait recommencé au mois de mai : face à eux, Cléo parlait sans rien dire, sans rien lâcher, vaillante soldate de Galatée.

Lors du conseil de classe, la professeure principale de Cléo avait suggéré le redoublement : son niveau moyen ne lui permettrait pas de rattraper les cours manqués. Son père l'avait serrée longuement dans ses bras, les notes on s'en fichait, pas de quoi perdre l'appétit. De tout ça, plus tard, elle ne se souviendrait pas. Promis.

Mais de quoi alors se souviendrait-elle ?

Sa mère lui avait annoncé qu'elle avait eu Cathy au téléphone : elles avaient décidé *ensemble* qu'il serait préférable qu'elle fasse une pause : la fondation serait toujours là l'année prochaine.

À celles qui quémandaient un rendez-vous avec Cathy, Cléo expliquait qu'elle n'avait plus le temps, entre la danse et les cours à rattraper. Elle se défendait d'avoir été "virée" de Galatée, se défendait d'avoir fait miroiter ce qu'elle ne pouvait plus accorder, elle n'avait plus rien à raconter, rien à faire chatoyer.

À la récréation, elle les observait, tentant de deviner laquelle avait pris sa place auprès de Cathy.

Elle cherchait Betty, celle-ci lui adressait un petit signe de tête sans s'approcher plus avant.

Cléo tentant de deviner en chacune des traces des *déjeuners*, des *doigts*.

En juin, Cléo avait aperçu la mère de Betty sortant du bureau du proviseur. Betty intégrerait un collège danse-études à la rentrée : elle avait réussi le concours du conservatoire. Betty que sa mère encadrait d'or.

En juin, Stan avait rassemblé les jeunes danseurs après le cours, son contrat arrivait à son terme. Un jour, des gens paieraient pour les voir sur scène. C'était leur responsabilité de faire en sorte que les spectateurs sortent de là renversés. Que leur quotidien s'en trouve allégé, même brièvement. Qu'ils ne l'oublient pas : ils dansaient pour ceux et celles qui n'auraient jamais cette liberté.

Stan s'était tu, le petit visage de Cléo en larmes l'avait fait sourire : *HEY CLEYO*, il lui avait tendu la main pour qu'elle se relève, l'avait brièvement serrée contre lui : what a baby.

À la veille des vacances, ses parents avaient donné soixante francs à Cléo, qu'elle aille s'acheter un maillot de bain à la jolie boutique, près de la mairie.

Cléo s'y préparait depuis des semaines : Cathy était au café, seule. Sans doute attendait-elle une Cléo. Une Paula.

Cathy, vêtue d'un court blouson de cuir grège et d'un pantalon clair, avait demandé si Cléo allait mieux, et *l'autoriserait-elle* à prendre des nouvelles ? De temps en temps ? Cléo avait, une nouvelle fois, consenti. Cathy avait posé une paume calme sur la joue de Cléo, *sans rancune, alors*, pas une question mais un point final.

2

Le nom de l'expéditeur, verylucie@free.fr, lui est inconnu et l'objet sibyllin du mail, "fêter un beau souvenir / 1987" assorti d'une image en pièce jointe, lui donne envie de reléguer le message dans le dossier "spam".

Yonasz pose tout de même l'index sur la pièce jointe, un cliquetis mat.

"Beau souvenir 1987" se tient au centre de la photo, elle fixe l'objectif, assise entre un Yonasz de quinze ans et son père, tous deux figés en apnée souriante. Les mains posées à plat sur la nappe blanche, "beau souvenir 1987" : une Cléo de seize ans.

*

À l'automne 1987, Yonasz entrait en seconde.

Il lambinait en enfance comme on traîne à sortir de chez soi un dimanche, à l'inverse de celles qui, le 5 septembre au matin, franchirent la grille bleue du lycée Berlioz, ces filles qu'il connaissait pour la plupart depuis le primaire.

Oubliés les sweat-shirts jusqu'aux fesses et la frange grasse qu'elles écartaient d'une main aux doigts tachés d'encre : pendant l'été elles avaient changé de démarche comme de sourcils, épilés en un fin tracé ascendant. L'eye-liner s'étirant jusqu'aux tempes, à la frontière du blush rose tyrien. Sous le tee-shirt, le renflement offensif de leurs seins immobilisés dans un soutien-gorge à armatures tendait le tissu jusqu'au plexus solaire. Leur ventre était laissé à découvert sous le tee-shirt noué serré au-dessus du nombril.

Elles se retrouvaient après deux mois de vacances, excitées, la houle de leurs voix ricochant sur le sol carrelé du couloir, s'arrachant la parole, pressées de se plaindre de leurs vacances : marcher des bornes dans des forêts trop chiantes, genre la nature, quelle merveille, côtoyer les couilles fripées de vieux babos sur des plages naturistes. Mais ça valait mieux que passer l'été dans un Paris plein d'Anglais rougeauds et de pervers dont la femme était en vacances.

Yonasz se dirigeait vers la cantine quand un attroupement attira son attention ; quelques élèves accroupis autour de l'une d'entre eux, assise, qui venait de trébucher dans l'escalier.

Qui tâtait de l'index la malléole de sa cheville découverte, se pinçant le tendon d'Achille avant de décréter, avec une autorité toute médicale : ça ne gonfle pas. Qui, claudicante, déclinait ensuite l'offre d'une fille revenue de l'infirmerie munie d'un sac en plastique rempli de glaçons : elle n'avait besoin de rien.

Sa queue de cheval tressautait au rythme de son boitillement, Yonasz lui trouva une mise quelconque, ce tee-shirt gris sans logo et des cils de petite fille, nus. Le foulard d'une soie rouge sombre noué autour de son cou semblait appartenir à sa mère.

Lorsque le prof de français lut à haute voix leurs fiches de renseignements, nom prénom, profession des parents, Cléo expliqua que si elle était plus âgée que la plupart d'entre eux, c'était parce qu'elle avait redoublé sa quatrième. Elle n'avait pas vraiment de livres favoris, leur préférait des films, Yonasz n'en avait vu aucun : *Marche à l'ombre*, *Chorus Line* et *La Femme publique*.

Sur son bureau étaient alignés un crayon, une gomme et une paire de ciseaux ; Yonasz la trouva enfantine : on n'allait pas faire des découpages.

Sandra, que Yonasz connaissait depuis le collège, tenait salon sous le préau. Elle rentrait ses jeans dans des santiags blanches et découpait l'encolure de ses tee-shirts, elle caressait les garçons d'allusions parfumées : ici – elle pointait son cou blond – c'était Loulou de Cacharel mais là, au creux du dos, elle était plus Dior, Poison.

Elle exsudait tout le savoir d'une professionnelle de la féminité quand Yonasz chérissait les filles qui hurlaient de joie si elles marquaient un but au handball, les râleuses, mauvaises joueuses des parties de Risk du mercredi après-midi, celles qui parlaient la bouche pleine et haïssaient Phil Collins avec la même ferveur que lui.

Toute l'année de troisième, Sandra avait surnommé Yonasz "Rabbi Jacob", esquissant quelques pas d'une danse censément folklorique dès qu'elle le croisait. Il avait feint l'indifférence : la jeune fille avait tendance à serrer les mâchoires sur ceux qui se débattaient.

Tout à sa joie d'être dans les bonnes grâces de Sandra cette année – elle avait apparemment oublié les rabbins – Yonasz avait souri avec les autres de son imitation de la démarche altière de Cléo. À croire qu'elle les gratifiait de sa présence… Sa cousine avait été élève dans le même collège que celui de Cléo : elle avait baladé tout le monde avec une histoire de concours, se vantant de pouvoir faire rencontrer des gens importants à celles que ça intéresserait. Mlle Showbiz. Évidemment c'était bidon. Et son père était au chômedu depuis toujours.

La prof de français avait déclenché l'enthousiasme en annonçant qu'une fois par mois, ils commenteraient à l'oral le texte d'une chanson de leur choix. Les prénoms avaient été tirés au sort : en octobre, Yonasz formerait un binôme avec Cléo.

Celle-ci semblait soumise à un emploi du temps d'adulte surmenée, mais ils finirent par se mettre d'accord pour un rendez-vous le samedi suivant, au café Le Pactole.

Les énumérations de chanteurs tinrent lieu de présentation. Yonasz proposa les Rita Mitsouko ou Higelin ? Un bon vieux Téléphone ? Côté vieilleries, ses parents possédaient l'intégrale de Barbara et de Brel.

Cléo ne connaissait pas bien Rita Mitsouko ni Higelin mais ça lui irait, elle écoutait de tout, elle lui laissait le choix.

Tout ? Impossible. Personne n'aimait tout. C'était une prise de position que d'aimer un artiste, ça disait beaucoup de soi, favoriser un style plutôt qu'un autre, c'était beaucoup plus qu'un choix esthétique. On ne pouvait PAS écouter les Rita et Jeanne Mas !, s'indigna Yonasz. Parce que sinon, quoi, Neneh Cherry c'était Pia Zadora ?

D'accord, fit la jeune fille, sommée de donner un nom. Il y en avait deux qu'elle aimait mieux que les autres : Goldman. Et Mylène Farmer. Yonasz crut que Cléo plaisantait, pouffa, Cléo rougit.

Il s'apprêtait à se lancer dans une démonstration relative à l'impossibilité de leur collaboration, quand la jeune fille assise sur la banquette anthracite griffée de coups de cutter avait appliqué la paume de sa main à sa poitrine : *ici*. Elles lui étreignaient le cœur, ces chansons. Jean-Jacques Goldman la saisissait jusqu'*ici*, avec *ces choses au fond de nous qui nous font veiller tard* et Mylène Farmer aussi : *Suspendue au lit comme une poupée qu'on a désarticulée.*

Cléo voyait bien que Yonasz trouvait ça nul. Mais pourquoi ? Il avait dit aimer la poésie, pourquoi pas celle-là ?

> *Vivre des songes à trop veiller prier des ombres et tant marcher*

Yonasz, sidéré, avait préféré acquiescer pour couper court, se retrouver coincé avec elle l'accablait, il avait hâte de s'en plaindre à sa sœur, il fallait que ça tombe sur lui. Mylène Farmer. Goldman.

Et en ce qui concernait les Anglo-Saxons, Cléo aimait surtout les CD entendus à son cours de danse : Janet Jackson, Madonna. Elles lui passaient dans le sang jusqu'aux pieds. Yonasz hocha la tête, terrassé. Il conclut d'une vague plaisanterie : ils formeraient donc un gouvernement de cohabitation, il se chargeait d'incarner Mitterrand et lui laissait Chirac.

Ils trouvèrent un accord le samedi suivant, en la personne d'Étienne Daho et de son *Duel au soleil.*

Cela faisait deux semaines, maintenant, que les mots suspendus de Cléo, cette façon qu'elle avait de l'écouter attentivement, déstabilisaient Yonasz. Son calme désamorçait les joutes verbales, le besoin de guerroyer et de vaincre. Cléo et ses pauses élargissaient l'horizon.

Yonasz se surprenait à lui confier ses peurs : ne pas être drôle, être trop drôle, un clown exaspérant, avoir une voix criarde, les inquiétudes sur son haleine, ses sourcils, ses craintes de frôler la cuisse d'une fille, sa peur de ne pas le faire et d'être traité de pédé. Il s'étonnait de s'entendre imaginer pour lui un avenir qui se déployait devant Cléo : il aurait son bac avec mention, serait avocat pénaliste ou journaliste pour ce super fanzine, *Les Inrockuptibles*. Il habiterait un studio en plein centre de Paris, irait au cinéma quatre fois par semaine et apprendrait à faire de la basse les week-ends.

Yonasz toquait à la porte de la chambre de Clara, sa grande sœur, avide d'un diagnostic : était-il amoureux ? Même s'il n'avait pas la moindre envie de voir Cléo nue ? Après dîner, il s'emparait du combiné téléphonique posé sur la table basse du salon, tirait le fil tirebouchonné jusqu'à sa chambre, refermait la porte et composait son numéro ou attendait qu'elle appelle.

Les élèves s'étaient d'abord amusés de leur proximité grandissante, on commentait leur binôme étrange, l'intello et la danseuse ; ils s'asseyaient côte à côte en cours, déjeunaient l'un en face de l'autre à la cantine et se quittaient sur un *On s'appelle ce soir*. Yonasz rembarrait sèchement ceux qui voulaient savoir : elle couchait pour de bon, Cléo ?

On les aurait aimés amants ou homosexuels feignant d'être en couple mais ils n'avaient même pas cette grâce ; c'était d'un ennui, leur amitié vertueuse, on se serait cru au CM2. Fin octobre, ni lui ni elle n'intéressaient plus leurs camarades de classe, Sandra et sa bande les tenaient à l'écart des fêtes et des confidences : rien à attendre de Yonasz, il bandait pour les starlettes *cheap*, on savait bien que les juifs étaient attirés par tout ce qui brillait. Même quand c'était du toc.

Toutes les filles que Yonasz connaissait faisaient de la danse. En primaire, les mères leur ramassaient les cheveux en petit chignon. Au collège, lassées de tulle rose et de remontrances, elles ne quittaient pas leurs jambières de laine violette sur des collants noirs sans pieds et ne rataient pas un épisode de *Fame* à la télévision.

Que Cléo s'imagine déjà danseuse professionnelle ne gênait pas Yonasz : lui se prenait bien de passion pour le tennis à chacun des tournois de Roland-Garros diffusés à la télé, brièvement traversé par le désir d'intégrer une section sport-études.

Elle y consacrait ses lundis, mercredis, vendredis soir et un samedi après-midi sur deux. Parlait niveau pro et auditions à préparer. Corrigeait Yonasz : le moderne c'était différent du contemporain. Et elle, elle faisait du modern jazz.

Toute de mépris envers celles qui n'avaient "pas le niveau", Cléo lui narrait avec entrain les piques acerbes du prof. Sa joie brutale mettait Yonasz mal à l'aise, de même que son obéissance enfantine. Son prof de danse déterminait son humeur : qu'il la complimente et elle exultait, qu'il l'ignore, et Cléo se désespérait, quelle nulle, elle ne parviendrait à rien, jamais.

En attendant de devenir pro, et tout en clamant qu'obtenir son bac ne lui servirait en rien, Cléo s'appliquait à rendre des copies impeccables et toujours en temps et en heure. Elle résumait chacun de ses cours sur des bristols bleu ciel, lisait attentivement ce que Yonasz ne faisait que survoler.

Les premiers jours de classe, le sérieux de la jeune fille lui avait fait craindre que Cléo lui dispute les meilleures notes. Mais elle n'avait que les contours de l'excellence.

Tant d'application pour des résultats à peine passables lui rendait sa nonchalance coupable, lui qui s'attelait aux dissertations le dimanche à 18 heures et se voyait félicité par la majorité des enseignants.

Il lui avait proposé son aide en géo, en anglais, mais Cléo avait refusé : ça serait trop facile. Mieux valait ne compter que sur soi-même.

Yonasz la taquinait : ses phrases frileuses étaient celles d'une vieille dame.

À la fin du mois d'octobre, il la prévint qu'il serait absent le surlendemain, une fête familiale. Ils étaient deux, dans la classe, à fêter Yom Kippour.

Elle n'en avait jamais entendu parler. Assis sur le banc du square Mermoz, sandwich et canette de soda à la main – ils avaient séché la cantine après avoir pris connaissance du menu : gratin de salsifis et céleri rémoulade –, il avait tenté une explication : c'était une fête religieuse juive. Mais avant tout, c'était une occasion de se réunir et… Elle l'arrêta, stop : pourquoi venait-il de baisser la voix ? Il avait fait comme ça : "une fête juive".

Non pas du tout. Si. Mais non. Mais si. Debout devant lui, cheffe d'orchestre débusquant les fausses notes d'un exécutant, elle insistait : il avait chuchoté. Il n'y avait pas de nazis dans le square !

Cléo avait avoué ne connaître aucun juif. À part Jean-Jacques Goldman. Mais sa mère aimait bien les juifs, elle les trouvait intelligents et débrouillards. Affalé sur le banc, Yonasz soupira : on y était !

La mère de Cléo aurait tout aussi bien pu dire qu'ils formaient une élite et dirigeaient le monde en secret. Ces compliments n'en étaient pas. Si Cléo le souhaitait, Yonasz lui présenterait sa tante et son oncle, ils vivaient du RMI dans le 19e. Pas formidablement débrouillards. Ni riches.

Voilà pourquoi il avait baissé la voix. C'était un réflexe, à force de remarques. Yonasz était fatigué d'être juif. Fatigué de faire semblant d'avoir de l'humour, de rire à ces :

Juif, lui ? On n'aurait pas dit, il payait son coup sans rechigner.

Juif, lui ? Il n'allait pas pleurnicher sur les camps au moins ?

Sandra, l'année précédente, lui conseillait régulièrement de retourner "dans son pays", en Israël. Il n'y avait jamais mis les pieds. Son pays c'était Fontenay-sous-Bois. Chaque année, depuis le primaire, Yonasz se trouvait face à un prof perplexe : YONACH ? YONAZE ? Pourrait-on l'appeler Jonas ? Ça serait plus simple. D'où venait-il ?

Ce que Yonasz aurait donné pour être comme Cléo : indiscutablement français. Sans cette peur d'être pris à partie, signalé comme juif.

Lorsqu'il se rendait chez des copains et qu'il voyait des photos de famille, Yonasz les jalousait. Tout comme il jalousait les tombes devant lesquelles se recueillir, qu'on pouvait fleurir.

Une réunion de famille, chez lui, ça pouvait se tenir dans dix mètres carrés. Il n'y avait plus personne, ou presque. Tous morts à Auschwitz. Ou dans les trains qui les y emmenaient, on ne savait pas, on ne saurait jamais. Sans sépultures : Ada, morte à dix-sept ans, Milo, à dix-neuf, Eva, à vingt et un, Vanouch, à vingt-quatre ou vingt-cinq.

Un récit interrompu pour l'éternité, ce trait tiré sur une génération entière.

Yonasz n'avait aucune anecdote légère à lui raconter, qu'elle en juge plutôt : son grand-père avait ordonné à son père alors âgé de six ans de lâcher sa main dans la file d'attente qui le menait aux chambres à gaz, pour qu'il survive. Sa grand-tante avait été abattue d'une balle dans la nuque parce qu'elle avait craché à la figure d'un SS dans les rues de Lublin.

Ses grands-parents maternels avaient commis une erreur d'appréciation en substituant la France aux persécutions quotidiennes en Russie et en Pologne, aux ghettos et aux famines. Cette confiance folle qu'ils avaient eue en une fiction, le pays de Victor Hugo, de Jaurès et des droits de l'homme, de la liberté-égalité-fraternité. Le port de l'étoile jaune avait été rendu obligatoire en 1942.

La mère de Yonasz avait appris à se taire avant même de savoir parler ; dès l'âge de quatre ans, elle savait se présenter sous un nom d'emprunt. Elle avait été cachée dans des granges, des couvents et aussi au sein de ces familles protestantes à Vif-en-Isère et au Chambon-sur-Lignon en Haute-Loire.

En 1945, sa grand-mère et seule survivante, avait retrouvé son appartement parisien dévalisé par les voisins, à l'exception de quelques tasses ébréchées et d'un petit carton contenant des lettres et deux photos prises avant le départ.

Yonasz n'avait pas envie d'être juif. Pas du tout. Il avait séché le cours d'histoire le jour où le prof avait projeté *Shoah*. Il les connaissait ces regards qui ne manqueraient pas de se tourner vers lui dans un mélange de pitié et d'agacement : l'autre feuj va encore pleurnicher, on en parle tout le temps, y en a marre.

Lui non plus ne voulait plus en parler.

Voilà.

La voix de Yonasz était celle d'un homme, le tremblement à la lèvre inférieure, celui d'un enfant : Cléo avait raison, il n'avait pas le courage d'être juif.

Cléo fit le tour des rares retraités assis alentour, tendit le kleenex ainsi obtenu à Yonasz. Le soleil lourd rasait la cime des châtaigniers du square, coupant court à un début de pénombre. Cléo parlait sans hésitation, Cléo-qui-devait-faire-ses-preuves-à-l'oral lui enjoignait d'être sans peur, de les porter haut, ses fantômes, elle serait là, à ses côtés.

Le gardien du parc arpentait les allées en agitant une petite clochette, Yonasz proposa que Cléo vienne dîner chez ses parents pour Kippour.

Très à l'heure, un bouquet de roses corail à la main, les cheveux retenus d'une libellule argentée sur la tempe droite, Cléo ne se ressemblait pas, en courte robe grise en laine et escarpins noirs. Même sa voix paraissait empruntée ; sur les talons de la mère de Yonasz transformée en guide de musée, Cléo s'émerveillait du moindre tapis, s'enquérait du nom de cet objet, un réservoir d'eau chaude traversé d'un cylindre : c'était un samovar de cuivre, le thé qu'on y préparait était fort jusqu'à l'amertume, à la russe, lui expliquait-on.

Elle s'agenouillait devant les animaux en terre cuite posés sur une commode ; des paysans fabriquaient ces sifflets dans le Nord-Ouest de l'Ukraine, chacun émettait un son différent. La jeune fille portait à sa bouche la gueule d'un cerf, d'un renard, enchantée d'un trémolo aigu.

À table, Cléo goûta de tout avec ravissement, trempa ses lèvres dans l'épaisse transparence glacée d'une vodka à l'apéritif, déclara "très salé mais très bon" le hareng mariné posé sur la mie d'un pain bistre semé de graines de cumin, reprit du bouillon, demanda la recette du foie de volaille haché décoré d'oignons frits, ainsi que celle de la carpe farcie dans sa gelée.

Si Clara avait été là – elle était à Bruxelles échappant ainsi à ce repas interminable – elle aurait certainement balancé un coup de pied à Yonasz sous la table : leur père exultait, tout à la joie d'avoir trouvé une auditrice passionnée, bouche bée.

Le jeûne rituel de vingt-cinq heures qui précédait ce repas n'était pas un acte de contrition, expliquait Serge, mais un retour sur soi. Le temps de faire taire notre cacophonie quotidienne. Le temps de se confronter à ce qui se dissimulait dans nos silences. Cléo balbutia qu'elle était désolée, elle n'avait pas jeûné aujourd'hui, elle ne savait pas…

Aucune importance ! Aujourd'hui, à cette table, poursuivit Serge, ils étaient égaux, personne n'était "bon" ou "mauvais" : si on pensait avoir commis une faute, aucune n'était irréparable, et si on avait la conscience tranquille, peut-être n'avions-nous pas suffisamment réfléchi. Aucune instance religieuse ne pouvait effacer nos fautes. La tâche nous en incombait.

Cléo connaissait-elle l'origine du mot "pardonner" ? Il se composait de "donner" *(donare)* et de "complètement" *(per)*, c'était un acte d'abnégation totale que de pardonner. De renoncer à faire payer l'autre pour ce qu'il avait fait. Bien sûr, le passé était irréversible. Rien, aucun pardon ne pourrait défaire ce qui avait été. Mais "Kippour" venait de *Kappar* : couvrir. Et non pas effacer. Le pardon n'était pas l'oubli. L'offense ne disparaissait pas comme une tache sur un tissu. Pas plus qu'elle n'était provisoirement "recouverte" par le pardon. Pardonner était une décision, celle de renoncer à faire payer à l'autre. Ou à soi-même.

Il y avait un texte extraordinaire que Serge aurait aimé faire lire à Cléo, ce…

Yonasz l'avait interrompu d'un : "ce cours accéléré et néanmoins plombant de Kippour vous a été offert par Serge", mais Cléo s'était insurgée, pour une fois qu'elle avait l'occasion d'apprendre quelque chose d'intéressant !

Au moment de se quitter, Serge disparut dans son bureau quelques instants, en revint avec un feuillet qu'il tendit à la jeune fille.

Yonasz l'avait raccompagnée à l'arrêt de bus. Ils avançaient dans une rue aux façades d'immeubles serties de balcons en plexiglas brun, protégés des regards par des touffeurs de conifères, des bosquets : Cléo aimait ce quartier. Et les bougies rituelles. Et la cannelle dans les boulettes de viande. Et son père était passionnant. Elle avait dû lui sembler très bête. Yonasz ne se rendait pas compte de la chance qu'il avait… Il passait tant de mots, entre eux, à cette table. Elle tentait de déchiffrer le feuillet sous la lueur d'un lampadaire, "Si nous n'étions pardonnés… nous serions condamnés à errer sans force et sans but, chacun dans les ténèbres de son cœur solitaire." Il la tirait par le bras, elle allait rater le dernier 325, elle se dégageait, agacée, elle n'en avait rien à faire, elle irait à pied.

Elle avait tellement hâte de noter dans son journal ce qu'elle pensait avoir compris de Kippour… Même leurs plaisanteries étaient intéressantes, spéciales ; comment avait-elle dit, sa mère, déjà ? Que les enfants étaient les symptômes des parents ? Yonasz leva les yeux au ciel : c'était de Françoise Dolto, pas de sa mère, ça, pour jacasser, ses parents savaient y faire. Il avait l'impression de vivre dans un amphi.

Le lendemain, le père de Yonasz s'était déclaré "intrigué" par Cléo. Son quotidien d'apprentie danseuse le faisait penser à celui d'une dompteuse. Ce moment où elle avait expliqué que sa souplesse exceptionnelle était une bénédiction en même temps qu'une menace et qu'elle devait se renforcer, se "mater". Comme on renvoie un fauve à sa cage. Cette façon qu'elle avait eue de se gifler la cuisse en se traitant de mollasse. Elle était mue par quelque chose de puissant, cette gamine, et d'inquiétant, aussi.

Il arrivait à Yonasz de trouver que son métier de traducteur déteignait sur son père : il feuilletait les personnes comme des textes, soucieux d'y déceler des contradictions, des doubles sens. Cléo en était parcourue.

Yonasz ne l'aurait jamais dépeinte comme une fille "puissante". En cours, elle chuchotait à son oreille les questions qu'elle n'osait pas poser. Elle saluait ceux et celles dont elle savait qu'ils la méprisaient, Sandra et son clan. Elle semblait perpétuer un état d'enfance, ébahie lorsque Yonasz la taquinait en évoquant un garçon de terminale qui proclamait que Cléo était son genre.

Quant au genre de Cléo, il semblait que ce fût les parents de Yonasz et leur histoire, de l'épopée de sa grand-mère polonaise à la recette du *strudel* aux pommes, en passant par les livres que Serge lui conseillait.

Serge avait cerclé de rouge le 23 juin sur le calendrier de la cuisine : ils iraient en famille assister au gala de Cléo. La mère de Yonasz vantait à Cléo la tonicité de l'Océan, elle n'était jamais allée au Pays basque ? Qu'elle vienne avec eux cet été, la location était petite, mais elle dormirait sur le canapé. Cléo dînait avec eux le vendredi soir, pour le shabbat. Elle tendait son assiette comme une affamée.

Le dimanche, ils travaillaient à leur exposé dans la chambre de Yonasz ; la jeune fille acceptait avec enthousiasme tout ce qui lui permettait de retarder le moment du départ : aider sa sœur à réparer une étagère branlante, classer de vieux magazines que sa mère avait laissés en tas dans le salon.

À Serge (elle l'appelait par son prénom, comme Danuta, sa mère), elle racontait l'avancée de ses lectures, celle-ci l'avait atteinte *ici*, en plein cœur : Primo Levi avait rencontré sa future femme lors de la fête du Nouvel An juif en 1946, et Lucia Morpurgo s'était proposé de lui apprendre à danser. La danse pour se remettre en vie.

Yonasz s'étonnait qu'elle ne lui ait pas parlé de ce livre, Cléo s'excusait, elle avait eu peur qu'il trouve ça "neuneu". Comme les chansons qu'elle aimait.

À 23 heures, elle remerciait pour tout, pliait soigneusement un nouveau feuillet que Serge lui avait préparé, elle prendrait le dernier bus, ses parents n'étaient pas du style à s'inquiéter.

Cléo-beau-souvenir jusqu'à ce jour, à la cantine, où, assise face à Yonasz, elle avait froncé les sourcils, visiblement incommodée de le voir découper une côtelette de porc. Elle avait attendu qu'ils quittent le réfectoire, cet orchestre de fourchettes heurtées aux assiettes, de verres d'eau renversés et de prénoms lancés d'une table à l'autre.

C'était une chose de ne pas vouloir dire qu'il était juif, mais une autre de ne pas respecter les traditions. Même s'il n'était pas croyant, appliquer les préceptes était une façon d'afficher sa solidarité avec ceux et celles qui étaient morts d'être juifs. Yonasz, en mangeant du porc, se dérobait à ses responsabilités. Et puis, elle l'avait lu dernièrement : les traditions introduisaient du sacré dans le profane.

Le ton était monté. Yonasz, interdit, invoquait la laïcité de sa famille depuis deux générations, personne ne se rendait à la synagogue ni ne mangeait casher ! Quant à la solidarité, s'il pouvait s'en dispenser le temps d'un déjeuner…

À travers celle de Cléo, il entendait la voix de son père, ce même côté sentencieux et sévère. Non. On ne pouvait pas choisir quand se montrer solidaire. Ce serait trop facile.

Eh bien lui n'aurait pas été contre un peu de légèreté, là, maintenant. Tout ça pour un bout de porc ! Il la préférait au début de leur amitié, quand elle lui chantait les louanges de Mylène Farmer et des *Champs-Élysées* de Drucker.

C'est comme ça que tu me vois, alors, avait-elle murmuré. Une idiote. Ignare. Bien gentille. Qui dit oui à tout. Qu'on fait taire si elle donne son avis.

Pas du tout, il était heureux qu'elle se sente bien chez lui, qu'elle s'intéresse à tout ça, mais il aurait bien aimé, lui aussi, rencontrer ses parents, son petit frère, voir sa chambre, le décor dans lequel elle avait grandi. Ça l'intéressait. Davantage que d'évoquer le numéro du matricule de camp de son grand-oncle.

Yonasz avait lancé la phrase par bravade, pour mettre fin à ce sermon. La sonnerie retentissait, les élèves les bousculaient pour entrer dans la salle de classe surchauffée, Cléo, le cou et les joues marbrés de pourpre, la poitrine soulevée, s'enrouait, étranglée, les larmes aux yeux : gerbante, cette blague. Elle s'assit seule, au fond de la salle de classe.

Ce fut à sa sœur qu'il se confia. Il n'y comprenait rien. Cléo était devenue plus juive que lui ne l'avait jamais été et ce, en quelques semaines à peine. Cléo l'accusait de ne pas respecter une tragédie qui lui était étrangère.

Sa sœur n'aimait rien tant que les téléfilms où une jeune fille adorable fomente en secret l'assassinat de sa colocataire : Cléo lui fichait un peu les jetons, avec sa vénération pour toute la famille. Ne voyait-il pas combien tout, en elle, était bancal – et elle ne parlait pas de ses précieuses chevilles ? Le regard qu'elle avait quand leur père pontifiait. Cette soif, ce besoin, sans qu'on sache exactement à quoi ils correspondaient. Elle était orpheline ?

Le lendemain matin, Yonasz trouva dans la boîte aux lettres un sachet de caramels blonds, ses préférés, accompagné d'une demi-feuille arrachée à un cahier signée Cléo, sans autre explication.

Le sucre laiteux de la confiserie l'apaisa, il avait eu tort d'accorder tellement d'importance à cette histoire de porc. Elle était là, devant la grille, queue de cheval alerte et sac de danse à l'épaule. Il attendit d'elle une excuse qui ne vint pas, une épaisseur de silence s'installa entre eux, Yonasz avait l'impression que son parfum habituel, ce mélange de noix de coco synthétique et de camphre, l'envahissait jusqu'au larynx.

Elle était tombée dans une cuve de monoï ce matin, ou quoi ? Ça lui filait la migraine, cette odeur de supérette. Cléo resta impassible, le vide entre eux deux résonnait des mots prononcés. À la récréation, elle s'enquit du dîner du vendredi soir : 19 h 30, comme d'habitude ? Yonasz mentit de façon grossière : ses parents recevaient de la famille, il n'y aurait pas assez de place à table, désolé.

Ta servante t'a lâché ? fit Sandra en le voyant seul à l'arrêt de bus, Cléo ayant choisi de rentrer à pied.

C'était lui qui avait lâché la servante. Ils n'étaient pas mariés.

Elle ne demanda pas la raison de leur brouille. Mais s'avoua soulagée : intelligent comme il l'était, Yonasz n'avait rien à faire avec une fille comme elle, il avait mis du temps à s'en rendre compte. Yonasz savait, bien sûr, pour Cléo ? Non ? Oh, Sandra trouvait ça super de savoir ce qu'on voulait dans la vie. Mais il y avait des limites. Sandra avait une morale, elle. Au collège, Cléo n'avait pas fait QUE bosser sa danse. Si Yonasz voyait ce qu'elle voulait dire. Sa bourse, là, d'excellence, c'était surtout pour l'excellence de son cul exhibé à des vieux du showbiz qui l'avaient "aidée" en retour. À treize ans. BEURK. OK, on faisait toutes des conneries. Mais le déguisement actuel de Cléo en petite fille modèle… la bonne blague !

Comment en était-il arrivé à dire ça ? À participer, sans même y être invité, à la mise en pièces de Cléo ? Et si aisément, à peine avait-il senti une gêne au creux de l'estomac, un flottement au moment où il avait renchéri : tout s'expliquait. Cléo draguait son père. C'était dégueu. Pour ça qu'ils s'étaient engueulés.

Yonasz traversait les rues mornes pris d'une ivresse nouvelle, ce plaisir de se découvrir une cruauté nonchalante, semblable à celle de Sandra. Elle ne l'appellerait plus "Rabbi Jacob".

L'embarras de sa trahison pointait, qu'il repoussait en accélérant le pas, en se faisant l'avocat de lui-même, arguant d'affronts imaginaires : Cléo l'avait humilié. Et elle lui avait menti, n'avait jamais évoqué une quelconque bourse. Elle aussi prononçait son passé à voix basse, d'une voix si ténue qu'il n'en avait rien perçu.

Tout ce qui lui avait plu en elle l'exaspérait. Elle laissait les kinés la tordre en deux et s'exaltait d'être rabaissée par des profs de danse au nom de "l'Art". Ses sourcils trop épilés, la façon dont elle prononçait "chaiba" pour "je ne sais pas", ses passions sans hiérarchie, aimer Kool and the Gang autant que Depeche Mode, du moment que ça cognait *ici*. Son désir de bien faire au lycée.

La chasse était ouverte et c'était lui qui en avait donné le signal. Son enfance était derrière lui.

Le lundi matin, ces mots, tracés au feutre marine sur le plastique des tables comme sur le bois des deux bancs dans la cour du lycée : CLÉO SUCE LES VIEUX.

Un refrain que Sandra entonnait dès lors que Cléo passait : CLÉO SUCE LE PÈRE DE YONASZ.

Cléo l'avait appelé le soir, tard, *est-ce que je te dérange ?* Yonasz le savait que c'était n'importe quoi, hein ? Son père… La honte. Lui qui était tellement… différent. Yonasz entendait Cléo se moucher à l'autre bout du fil. Ses chuchotis hoquetants, ceux d'un animal qu'on aurait été en train d'étrangler jusqu'à éprouver la petitesse de ses vertèbres, des osselets. Il fallait attendre un peu, ça passerait, Sandra se lasserait, rassurait Yonasz.

En quelques jours, la machinerie qui avait impressionné son père s'était détraquée. Elle s'était foulé la cheville en descendant du bus, elle devrait arrêter la danse pendant deux semaines. Elle se trompait de salle, oubliait de rendre une dissertation, demandait à se rendre à l'infirmerie pour un mal de ventre, de tête. Ne déjeunait plus à la cantine, ne déjeunait pas. À la pause, l'après-midi, elle sortait s'acheter un paquet de Prince au chocolat. Les enfournait dans sa bouche, l'un après l'autre : mécanique, sa main plongeait dans le paquet tandis qu'elle mastiquait encore une bouillie de sucre et de farine. À sa sœur, Yonasz disait que Cléo n'était pas "très en forme", il y avait "des embrouilles" avec Sandra, taisant la façon dont il avait froissé ce souffle tendu qu'avait été leur amitié, un tissu qui claquait avec le panache d'un drapeau, laissait voir le monde au travers mais qui les en avait protégés aussi.

Il avait annoncé à ses parents qu'on ne la verrait pas vendredi, ni dimanche. À son père qui s'inquiétait de savoir s'ils s'étaient fâchés, Yonasz répondit que c'était le cours normal des choses, ils n'allaient pas passer leur vie ensemble et puis, elle était envahissante, Cléo. Un court instant, le regard de son père fut celui d'un homme sur un autre : *Et alors, tu es douanier, tu as des frontières à protéger ?* rétorqua-t-il sèchement avant de retourner s'enfermer dans son bureau.

Comme il l'avait prédit à Cléo, Sandra ne s'amusa d'elle qu'une dizaine de jours. Ses révélations n'avaient pas provoqué le séisme qu'elle espérait, laissant la plupart des élèves indifférents ou incrédules : la Cléo à bouille de bébé et queue de cheval, pute en quatrième ? Mouais.

Yonasz et Cléo prirent à rebours le chemin de leur amitié : ils se saluaient à la grille du collège, il lui transmettait le bonjour de ses parents, elle remerciait avec une politesse de diplomate. Le jour de l'exposé, chacun analysa les couplets de la chanson de Daho. *Prise au piège tu te rendras.* La prof de français les félicita pour leur beau travail d'équipe.

Au début du mois d'avril, Yonasz invita Gaëlle, avec laquelle il sortait depuis deux semaines, à un spectacle de danse au théâtre de la Ville. Il gardait les billets dans son cahier depuis janvier, une surprise qu'il réservait à Cléo. Gaëlle faisait montre de bonne humeur en toutes circonstances, aussi bien lorsqu'elle l'avait aidé à enfiler un préservatif que lorsqu'il n'avait pas réussi à la pénétrer : avec elle, rien n'était grave. La sœur de Yonasz la trouvait "fadasse" mais la préférait tout de même à celle qu'elle appelait encore Cléo-la-psycho.

Gaëlle prendrait dans l'historique amoureux de Yonasz la place de "première histoire sérieuse". Il associerait la découverte du sexe à la placidité de leur relation : ils allaient au cinéma le mercredi après-midi, dînaient d'un croque-monsieur au café puis couchaient ensemble, toujours dans cet ordre.

Certains matins, Yonasz s'éveillait le cœur battant, tel un fugitif.

Le dernier jour de cours, la prof principale leur avait demandé ce que chacun avait appris d'essentiel, en cette première année de lycée.

Yonasz aurait pu répondre qu'il s'était révélé à lui-même : il n'était pas ce "grand dadais" aux yeux vert clair qui attendrissait sa mère de ses maladresses. Il n'était pas ce passionné de rock alternatif que des garçons de terminale venaient trouver pour un conseil : ils valaient quoi, les Beastie Boys ?

Son père avait vu juste : il n'était qu'un douanier soucieux de frontières, qui avait puni Cléo d'avoir outrepassé celle de sa lâcheté. Il l'avait abandonnée à celles qui allaient en lignes militaires dans les couloirs de l'établissement, se tenant par le coude, CLÉO SUCE DES VIEUX. Il s'était débarrassé de Mylène Farmer et de Jean-Jacques Goldman. De Cléo qui l'obligeait à fermer les yeux en traversant la rue pour éprouver sa confiance en elle.

Lorsqu'il annonça à ses parents que Cléo intégrerait le lycée Racine, à Paris, en section danse, son père lui demanda son adresse. Il lui avait promis un texte de Jankélévitch sur le pardon et un poème de Musset, il ne manquerait pas à sa parole. C'était une question de principe.

En 1989, la mention très bien au bac échappa à Yonasz, à deux dixièmes de points près. En juillet, il rencontra sur les Champs-Élysées une Anglaise, venue, comme lui, assister au défilé célébrant le bicentenaire de la Révolution française mis en scène par Jean-Paul Goude. Il s'inscrivit en droit, s'installa en colocation au centre de Paris, comme il l'avait prédit à Cléo. Il allait rarement au cinéma et se promettait d'apprendre la basse, bientôt.

Yonasz, Clara et leur mère s'appelaient tous les soirs. Aucun des trois ne pleurait, ils listaient les choses à faire : il faudrait apporter à Serge son discman, sa musique lui manquait à l'hôpital. Il n'aurait bientôt plus de livres à lire. Il faudrait reprendre un rendez-vous avec le médecin : cette nouvelle chimio épuisait Serge ; on pourrait lui cuisiner un cake aux courgettes, ça se mangeait facilement.

Son père sous perfusion constante de morphine demandait des nouvelles de Gaëlle, soupirait qu'elle était très fade, quel dommage que Yonasz n'ait pas été à la hauteur de Cléo ; d'ailleurs il fallait qu'il finisse de lui écrire : Serge se redressait sur ses oreillers, il traçait du bout des doigts des lettres immenses dans le vide.

Un jeudi de mai 1990, dans le grand amphi de Nanterre, le prof d'histoire de Yonasz annonça que, au vu de l'actualité, on modifierait le programme. Il parlerait ce matin des lois anti-juives de 1940 et de l'antisémitisme français. Mais d'abord, on ferait une minute de silence.

Trente secondes s'étaient à peine écoulées que Yonasz se sentit pris de nausée, la fille assise à ses côtés dessinait des petits carrés sur sa feuille, elle bâillait.

Il se leva. Il n'en voulait pas de ce silence. Ni du cours. D'ailleurs, tous deux étaient intimement liés, l'histoire et le silence. Ce qu'il voulait, c'était écrire un nom au tableau et qu'on le lise à haute voix : Monsieur Félix Germon. Mort quinze jours plus tôt, enterré au cimetière juif de Carpentras. Déterré, extirpé de son cercueil, un cadavre d'octogénaire nu, disloqué, à plat ventre sur la stèle brisée, avec, entre les jambes, un piquet de parasol, une simulation d'empalement.

Les trente-quatre sépultures juives profanées à Carpentras faisaient la une des quotidiens.

C'était un lundi et tous marchaient à pas lent, des heures qu'ils piétinaient, les lampadaires parisiens venaient de s'allumer, un halo orangé contredisant la nuit. Sa sœur lui tenait la main comme lorsqu'ils étaient enfants. Qu'il la lâche un instant, à cause d'un manifestant qui se frayait un chemin, et elle lui rattrapait les doigts aussitôt. C'était bien, répétait leur mère, très bien qu'il n'y ait aucun slogan. Ses larmes laissaient des méandres ternes sur ses joues.

Yonasz avait aperçu la silhouette de François Mitterrand au sein d'un alignement de costumes gris : ceux de Georges Marchais, de Pierre Mauroy et d'Alain Juppé, derrière eux, le tailleur ciel de Danielle Mitterrand.

La manifestation touchait à sa fin mais personne ne quittait le cortège, on continuerait de marcher, sans mots, mais qu'on marche encore. Au moment où le défilé traversait la place de la République, quelques silhouettes bondirent pour aller taguer la brasserie Chez Jenny, qui accueillait les réunions du Front national. Sa sœur les encourageait de sifflets : BRAVO ! Tu te crois où, dans une manifestation d'extrême gauche ? avait grondé sa mère. C'est ça, laissons les nazis se réunir autour d'un verre, restons discrets, ne nous plaignons pas, avait hurlé Clara : pour elle, c'en était fini de se planquer.

Yonasz tentait de retenir sa sœur quand il vit une main s'agiter dans sa direction. Puis, un balancement de cheveux, elle se hâtait vers eux, un petit foulard carmin noué autour de son cou : Cléo. Elle prenait la main de Danuta, de Clara. Et Serge ? Il n'était pas venu ? Yonasz lui apprit sa mort, elle porta sa paume à son cœur : pas Serge, pas Serge. Cléo serra Yonasz contre elle, il ne se souvenait pas qu'elle eût été si grande. Celle qui, un après-midi, dans le square, lui avait intimé d'être sans honte : une enfant puissante qui l'appelait à la vie.

Lorsqu'elle entrouvrait son cahier de textes, en cours, Yonasz apercevait parfois des feuillets couverts de l'écriture de son père. Un jour, le jeune homme avait offert son aide : ça ne devait pas être simple à lire, ces histoires de pardon. Cléo avait étiré ses jambes sous la table, tourné ses chevilles en dedans, en dehors, avant de lui répondre : merci, elle se débrouillerait seule.

*

À l'expéditeur du mail dont le nom lui est inconnu, verylucie@free.fr, Yonasz écrit ceci : Cléo est bien son "beau souvenir 1987", mais il n'est pas sûr d'être le sien.

3

L'enveloppe bleue reçue la veille est fixée par un trombone à la couverture de l'agenda posé sur le bureau jonché d'ordonnances et de post-it griffonnés de prénoms à rappeler.

Ce fatras témoigne de la présence continue d'Ossip à son cabinet : premier rendez-vous 7 h 30, dernier patient 21 h 30, samedis compris. Le temps, il l'aborde avec une rigueur arithmétique : les matinées sont dévolues aux priorités, l'entorse de l'un à la veille d'une première, le claquage musculaire d'une autre la semaine d'un concours. Ossip réserve ses après-midis et soirées aux douleurs permettant à leur propriétaire de continuer à danser.

*

C'est par hasard que, trente ans auparavant, les danseurs sont parvenus jusqu'à lui : une jeune fille habitait dans l'immeuble où Ossip exerçait une tranquille kinésithérapie de quartier dédiée aux lumbagos d'employés de bureau. Elle était venue le trouver un samedi matin, affolée : elle venait de se blesser lors d'une répétition et concourait pour le prix international de danse de Lausanne dans quelques jours. Lorsqu'il avait posé son diagnostic, impossible que son quadriceps récupère aussi rapidement, elle l'avait arrêté de trois mots impérieux : elle devait danser. Qu'il se débrouille.

Depuis, il avait appris à faire taire son objectivité anatomique devant ces êtres que rien ne pouvait convaincre : ils devaient danser.

Au début, il s'adressait à eux comme à des enfants à qui on rabâche de ne pas traverser avant que le petit bonhomme soit vert. N'abusez pas des antidouleurs. Ni des anti-inflammatoires.

Puis, au fil des années, il s'était résolu à n'être qu'un mécanicien bon à coller des rustines sur des mécaniques épuisées. Ils devaient : Ossip s'inclinait. Les danseurs étaient furieusement dingues et Ossip, éperdument amoureux.

Sa femme s'inquiétait de le savoir entouré de filles-libellules aux abdomens concaves, bras effilés et poitrines discrètes. Ce qu'il voyait surtout, avait-il répondu à Lydia, c'étaient pieds déformés, dos musculeux et chevilles gonflées de liquide synovial, cernes noirs et lèvres pâlies à force de privations alimentaires.

Il s'astreignait à noter dans un carnet le vocabulaire d'une langue inconnue : un relevé s'effectuait sur une jambe, un développé à la seconde engageait les ischiojambiers. Mais les mots consignés ne lui révélaient rien et Ossip rageait de ne pas visualiser ce que ses patients lui décrivaient, la façon dont ils s'étaient blessés.

Peut-être pourrait-il assister à un cours en spectateur ? suggéra Lydia. Il se renseigna auprès de deux ou trois gamines : comme elles s'enquéraient de l'âge de l'enfant qui allait débuter, il prit l'air le plus dégagé possible : l'enfant, c'était lui.

Il s'était rendu chez Repetto comme on entrouvre la porte d'un sex-shop, embarrassé de se trouver au milieu d'une clientèle de petites filles fluettes accompagnées de leur mère.

Le papier cadeau ne serait pas nécessaire, dit-il à la vendeuse : le collant noir en lycra, les chaussons noirs taille 44 et le tee-shirt blanc seraient les siens. Il avait quarante-cinq ans.

À Lydia stupéfaite, il annonça qu'il fermerait le cabinet plus tôt le mercredi pour se rendre au centre de danse du Marais. Il était temps de parfaire sa formation. Regarder ne lui apprendrait rien, il lui faudrait éprouver.

Les vestiaires des hommes étaient quasiment vides, à l'exception de deux adolescents et d'un garçonnet vêtu du même collant qu'Ossip.

Se voir confronté à sa propre gaucherie relevait du supplice. Le miroir lui renvoyait froidement l'image de ses épaules crispées remontées jusqu'aux oreilles et de ses genoux cagneux. Porté par une valse de Chopin, il s'élançait : un bref instant, la joie l'envahissait jusqu'à ce qu'il surprenne son reflet grotesque, ahanant, qui trébuchait. La jeune et énergique professeur de classique, Anna, hissait sa jambe à quarante-cinq degrés en regardant sa montre : les fibres musculaires se détendaient au bout de quatre-vingt-dix secondes. Ossip ne contredisait aucune de ses affirmations anatomiquement douteuses, il s'abandonnait à des rituels vieux d'un siècle et demi. Comme le sien, des millions de cœurs s'étaient emballés lorsque Anna l'encourageait d'un PAS TROP MAL, COURAGE, OSSIP ! Les jeunes élèves le félicitaient, à son âge, c'était classe. Ossip était devenu leur mascotte.

Son ménisque droit le lançait au réveil, les cambrés torturaient le bas de son dos, il tremblait qu'un tendon ne lâche à la façon d'une corde trop tendue.

Il avait tenu une année entière puis s'était incliné : il avait commencé trente-cinq ans trop tard. Il plia soigneusement le collant noir et rangea les chaussons dans un tiroir, en proie à une tristesse qui ne faisait qu'augmenter la passion qu'il éprouvait pour eux, ses danseurs qui combattaient dans un pays où il n'avait pas sa place.

Quand il allait les applaudir sur scène, il retenait sa respiration en les regardant évoluer, tel un créateur anxieux des coutures d'une robe splendide. Au moment du salut, il était saisi d'une telle émotion qu'il déguisait son sanglot en quinte de toux, pour ne pas alerter Lydia.

Ossip les choyait : il recouvrait la table d'examen d'une serviette préalablement chauffée et diffusait FIP en sourdine ; dans la salle d'attente, chaque matin, il vaporisait un parfum d'ambiance à la fleur d'oranger. Sur la table basse, *Beaux-Arts Magazine* et *Danser* remplaçaient les magazines people.

Il était père d'une fratrie au long cou et aux grands yeux, leurs cheveux échappés à l'élastique en fin d'après-midi flottaient comme des fils de soie. Il arrivait qu'il les confonde, Amandine, Alexandra et leurs mères dans la salle d'attente, qui le saluaient avec force effusions.

Il était facile d'imaginer le décor de ces enfances-là : entrées d'immeubles haussmanniens aux tapis d'un vert profond tendus sur les marches de larges escaliers silencieux, balades le dimanche au jardin du Luxembourg et matinées au théâtre des Champs-Élysées, maison de vacances et nounous qui “faisaient partie de la famille”.

Elle, tout la distinguait des autres, à commencer par son prénom, léger comme un diminutif : Betty. Elle avait dix-sept ans lorsqu’il la reçut pour la première fois.

Elle lui avait tendu de longs doigts osseux aux ongles taillés court, on était en mai et elle portait un bermuda en jean et une chemisette ciel au col blanc qui faisait ressortir sa peau mordorée. Son léger zézaiement contrastait avec son mètre soixante-seize, Betty avait des politesses de môme, lui donnait du monsieur quand tous l’appelaient Ossip, s’excusait profusément pour quelques minutes de retard.

Betty expliquait, sans vanité aucune, que ses professeurs du conservatoire ainsi que son fiancé lui prédisaient qu’elle serait embauchée dans le corps de ballet d’une grande compagnie avant l’automne. Son parcours forçait le respect : elle avait beau avoir commencé la danse dans une banale MJC de banlieue et n’avoir suivi que peu de cours particuliers, elle avait été médaillée lors de plusieurs concours nationaux et même européens.

Au bout de quatre séances, Ossip en vint à redouter sa venue tant il se découvrait incompétent face à son cas. Dès qu’il résolvait une douleur, une autre se déclenchait. Bien sûr, le phénomène de l’entrée en résonance de maux variés était connu : une tendinite au genou pouvait provoquer une lombalgie, une élongation au quadriceps aiguillonnait un syndrome du pyramidal. Mais le corps de Betty ne respectait aucune logique. Et si, selon la formule d’Ossip, le corps “parlait” et qu’il suffisait de l’écouter, celui de Betty tenait un discours incohérent.

Elle avait l'épaule bloquée. Comment s'était-elle fait mal ? Aucune idée. Une douleur aiguë le long du tibia surgissait en pleine nuit. Trois jours après, elle avait disparu mais sa nuque, elle... Ossip avait rouvert des manuels qu'il n'avait pas consultés depuis une dizaine d'années, il s'était confié au psychologue avec qui il partageait le cabinet : celui-ci avait suggéré que Betty l'appelle. Ossip n'avait pas osé en parler à la jeune fille.

Tous deux cherchaient un indice dans son rythme de sommeil, son alimentation ; Betty étirait ses grandes jambes brunes sur la table, la mine dubitative : elle buvait un litre et demi d'eau par jour, mangeait léger et se couchait avant minuit. Son fiancé non plus n'y comprenait rien, pourtant, il la connaissait depuis des années et des années.

Un matin, Betty lui avait offert un petit paquet enrubanné : des chocolats. Elle venait de fêter ses dix-huit ans et avait auditionné pour l'Opéra de Bordeaux avec succès.

Ossip ne se formalisait guère de ne pas avoir de nouvelles de ses anciens patients, répétait-il à Lydia : ses libellules en titane avaient hâte de l'oublier, lui et ses exercices.

Un an et demi plus tard, elle avait refait surface sur son répondeur, *bonjour monsieur c'est Betty je ne sais pas si vous vous souvenez.*

Betty était égale à elle-même : elle penchait la tête pour tenter d'apercevoir les photos aux murs de son cagibi lorsqu'il allait y chercher une serviette, elle se rongeait les ongles et s'agaçait de le faire, citait son fiancé, se rhabillait en lui tournant le dos.

L'Opéra de Bordeaux ? Elle ne s'était quasiment jamais produite sur scène, cantonnée à une place de remplaçante. En dépit des compliments du chorégraphe sur sa technique, sa présence, sa grâce, elle n'était là que pour pallier la fatigue d'une autre, la blessure inopinée d'une soliste. Une Mlle "Au-cas-où". Du second choix.

Ossip ne lui connaissait pas ce ton amer, cette ironie lasse.

La Betty de dix-sept ans rêvait des grands rôles classiques, de sylphides et de cygnes. Celle de dix-neuf courait les castings de pub et de mode : il fallait bien manger. Allongée sur la table de soin, deux fois par semaine, Betty énumérait les marques comme on fait le tour de son carnet d'adresses, un tour d'horizon des fidèles comme des lâcheurs. Pour Nike, elle ferait semblant de jouer au basket. Pour Narta, la trentaine de danseuses de type nordique dans la salle d'attente l'avait dissuadée de rester au casting. De même que chez Évian : ce n'était pas spécifié sur l'annonce mais tout le monde le savait, les danseurs embauchés seraient invariablement blonds. Boire de l'eau et sentir bon semblait réservé aux Blancs. Elle soupirait tandis qu'Ossip plaçait les électrodes sur le bas de son dos. *Vous voyez ce que je veux dire, monsieur ?*

Lorsqu'elle était partie, il était resté quelques instants dans le silence du cagibi où il entreposait les dossiers administratifs, les serviettes propres et les produits de soin. Les murs étaient recouverts de photos dédicacées. *À Ossip, avec toute ma reconnaissance. Avec toute ma gratitude.*

Ton cagibi est un cénotaphe, ta vie, un musée, ironisait sa femme. L'air confiné de la petite pièce se parait d'une odeur de violette, d'une douceur surannée, une bougie offerte par la mère d'une gamine.

Une amie habilleuse au cabaret Diamantelles lui avait offert un carré de panne de velours vert opaline, sur lequel Ossip avait posé la photo d'un danseur russe du Kirov (en tournée, il avait eu besoin d'une séance urgente pour une hanche douloureuse). Immobilisé à un mètre du sol, son dos paraphait la pesanteur d'un arc parfait.

Voilà ce qu'Ossip attendait de la danse : qu'elle pallie le chaos d'un quotidien de crimes, de catastrophes, de scandales financiers, de sondages d'opinion et de frasques d'acteurs. L'actualité n'était que grincements dispensables détournant de l'essentiel. Ce qui "se passait", Ossip s'en fichait, tout cela serait oublié. Seule survivrait la quête de beauté menée par ces acharnés dont il connaissait l'envers douloureux.

La plupart de ses patients ne danseraient jamais les rôles pour lesquels ils s'étaient entraînés si longtemps, leur humilité n'en était que plus magnifique. Betty en manquait, son amertume ne la grandissait pas. Il le lui dirait.

Betty l'avait écouté, puis s'était redressée sur les coudes : Ossip se rendait souvent à l'Opéra Garnier, n'est-ce pas ? Que voyait-il sur scène ? Des blondes, des châtains, des rousses, des brunes, des grandes, des petites. Blanches. Si l'on s'en étonnait, la direction brandissait un danseur étoile arabe et une soliste d'origine asiatique. Le compte était bon.

Toute son enfance, Betty avait eu honte du contraste entre ses jambes gainées des traditionnels collants couleur chair et le brun de ses bras nus, indignes d'une princesse Aurore. Elle les passait au fond de teint porcelaine, chaque jour, pour se fondre aux autres. Un chorégraphe avait froncé le nez en la voyant se présenter à l'audition du *Lac des cygnes*. Comme si elle s'était trompée de salle. En dépit des médailles obtenues, des concours, des félicitations, elle n'était toujours pas de la "famille".

C'était malheureux mais la tradition…, avait soupiré Ossip.

Ossip brandirait-il également cette "tradition" dans le domaine de la pub ? La plupart cherchaient des danseuses entre 1 m 75 et 1 m 78, dotées d'une technique solide et de cheveux longs. Betty possédait ces attributs. Sans doute n'évoquait-elle pas la limpidité d'une eau minérale, l'odeur de frais d'un déodorant. Son agence l'envoyait aux castings pour Tahiti douche, une marque de couscous ou de rhum. Un directeur de casting s'était étonné qu'elle ne sache pas danser le hip-hop.

Betty n'était ni arabe, ni antillaise, ni tahitienne. Sa mère était originaire du Belize mais elle était née dans le Val-de-Marne et n'y connaissait rien au rap ; son truc, c'était plutôt la "Chaconne" de Bach ou Chopin. Elle était fatiguée de les entendre, tous, la décrire négativement : *pas* blanche. Jamais assez blanche.

Ossip se taisait, embarrassé d'être pris à témoin et soucieux de rétablir l'harmonie qu'il chérissait dans son cabinet. FIP diffusait un morceau de Georges Delerue, la musique du *Mépris*.

Betty avait-elle vu ce film ? D'ailleurs, Bardot avait été danseuse, Betty ferait peut-être du cinéma un jour, fit-il, en posant une main rassurante sur son genou ; et maintenant, qu'elle repousse sa main bien fort en expirant à fond.

Tout le week-end, Ossip avait potassé une encyclopédie de la danse classique. Si les cygnes blancs et les princesses abondaient, on trouvait quand même çà et là quelques rôles "exotiques" dans lesquels Betty serait magnifique. Les esclaves maures, les filles des rues, les gitanes espagnoles, les courtisanes perses… Lydia fulminait : ces clichés que la danse classique perpétuait. Dans un siècle, on verrait peut-être sur la scène de Garnier une sylphide noire ou un cygne arabe. Mais aujourd'hui, Betty avait de quoi l'avoir mauvaise. Quelle idée, aussi, de s'être amourachée du ballet, persifla Lydia ; Betty n'avait qu'à se reconvertir dans la danse orientale. N'est-ce pas, Ossip ?

Le jeudi suivant, Betty semblait d'humeur légère, elle avait moins mal au bas du dos, l'alternance entre électrodes et laser donnait de bons résultats.

La voix de la journaliste annonçait le journal de treize heures sur FIP. D'ordinaire, Ossip baissait le son en attendant le retour de la musique, mais il resta aux côtés de Betty, maintenant fermement les chevilles de la jeune fille allongée sur le ventre, celle-ci devrait relever le buste le plus haut possible, pour tester ses arabesques. Dix fois.

La voix du maire de Paris, Jacques Chirac, se mêlait aux UUUN, DEEEUX d'Ossip.

> *Comment voulez-vous*
>
> *que*
>
> *le travailleur français*
>
> *qui habite à la Goutte d'Or où je me promenais avec Alain Juppé la semaine dernière, et qui travaille avec sa femme et qui, ensemble, gagnent environ 15 000 francs et qui voit, sur le palier à côté de son HLM, entassée, une famille avec un père de famille, trois ou quatre épouses et une vingtaine de gosses*
>
> (murmures d'approbation de la foule)

et qui gagnent 50 000 francs de prestations sociales sans, naturellement, travailler
(applaudissements de la foule)

Ossip sentait les chevilles de Betty trembler entre ses mains,

si vous ajoutez à cela
si vous ajoutez à cela, le bruit et l'odeur
(éclats de rire de la foule)
eh bien, le travailleur français sur le palier, il devient fou, il devient fou, c'est comme ça et il faut le comprendre : si vous y étiez, vous auriez la même réaction et ce n'est pas être raciste que de dire cela.

La voix feutrée de la journaliste annonça la météo après "ce discours musclé". Très à propos, le "musclé", fit remarquer Ossip, souriant.

Betty s'était rhabillée comme elle le faisait d'habitude, dos à lui. La plupart des danseurs enfilaient leur pantalon sans se formaliser de sa présence, et la pudeur de Betty l'avait toujours ému : cette façon enfantine de se protéger des regards, comme les gamins qui se couvraient les yeux d'une main, imaginant qu'ainsi, ils se faisaient invisibles.

Quelques jours plus tard, sa mère avait appelé : Betty ne pourrait pas venir jeudi. Un petit passage à vide. Mais elle serait vite remise. C'était une costaude. Évidemment, Betty avait pour le drame une inclination qu'Ossip devait avoir remarquée. Betty était un bolide depuis ses dix ans, elle reprendrait vite la route ! Abandonner la danse, son fiancé, tout ce pour quoi *on* s'était sacrifié : pas question. Si on écoutait les jeunes filles…

Lydia l'avait réconforté : le sale discours de Chirac n'y était pour rien, Betty n'avait probablement rien à faire des vieux politiciens.

Lorsqu'il mettait son répondeur en marche le matin sans jamais y trouver un message de Betty, le cœur d'Ossip décélérait, ce cœur de cagibi qui n'aimait rien tant que le parfum vieillot d'un monde de traditions, dont Betty était exclue, *est-ce que vous voyez ce que je veux dire, monsieur ?*

Les années avaient passé, fluides, une succession de saisons et de blessures dues à une salle de répétition mal chauffée en hiver, causées par la déshydratation en été.

Ossip déclinait les offres des éditeurs comme celles des magazines : il n'avait aucun "truc" à partager avec les geignardes qui s'inquiétaient de leur *beach body*.

Les jeunes kinés lui reconnaissaient un diagnostic pointu : rien de ce qui était traumatologie de la danse ne lui était inconnu. Mais le vieil Ossip était aussi un habile diplomate, qui conciliait les exigences de chacun pour en conserver les faveurs : celles des danseurs dont il taisait l'usage immodéré des antidouleurs, comme celles des directeurs de compagnies dont il relativisait les brutalités managériales.

Si on lui en faisait le reproche, il invoquait les "traditions" d'un monde à part.

On ne l'imaginait pas prendre sa retraite, celui qui refusait d'utiliser un ordinateur : si on voulait le contacter, le téléphone et le courrier suffiraient.

*

La lettre contenue dans une enveloppe bleue, reçue la semaine précédente, Ossip l'a lue une première fois. Il l'a fixée d'un trombone à son agenda, se promettant d'y répondre rapidement.

Ce matin, il l'a relue.

Celui qui se présente comme le mari de Betty, un Robin, commence par quelques mots flatteurs : Ossip a beaucoup compté pour Betty.

La suite est elliptique, il est question d'un "dossier à constituer pour une affaire concernant Betty". Deux trois lignes signées de la main d'Ossip suffiraient, qui témoigneraient de l'état "dépressif, post-traumatique" de sa femme à l'époque. Robin a pris soin d'inclure les dates précises auxquelles Betty l'a consulté, il a même joint une photo d'elle adolescente. Chemisier au col rond et blanc, boucles brunes tirées en arrière, ce regard d'eau, confiante, lorsqu'ils cherchaient tous deux les causes de ses blessures, une enquêtrice au chevet d'elle-même.

Betty qui l'a tenu en échec, dont Ossip redoutait les symptômes illisibles, les désordres. Betty qui a mis à nu son monde, son cagibi aux murs encombrés de princesses vêtues de collants chair.

L'enveloppe bleue est curieusement carrée et en la glissant dans la boîte aux lettres, Ossip a l'impression d'avoir voté. Il est en paix. C'est la bonne décision.

4

Les lettres pourpres du message, un appel à témoins, s'attardent sur l'écran ; elles seront bientôt remplacées par le générique du journal télévisé. Les deux invitées vêtues du même sweat à capuche sombre et d'un même pantalon de toile grise froncent les sourcils au moment où le journaliste les appelle par leur prénom, Enid et Elvire, il les qualifie de "justicières post-MeToo multi-primées dans des festivals prestigieux". Les deux quadragénaires se lancent un bref regard accablé puis rappellent le sujet de leur prochain documentaire et l'adresse mail à laquelle pourront leur écrire celles qui, *âgées d'une douzaine d'années entre 1984 et 1994, ont été en contact avec une certaine fondation Galatée.*

Alan éteint la télé. Les bottes de freesias jaunes de la fleuriste d'en face signalent le printemps ; Alan n'a jamais aimé cette saison braillarde, qui pousse du coude le feutré de l'hiver. Il préférerait que le froid fasse encore se hâter les silhouettes des passants, que la nuit vienne tôt, avec son obscurité prévenante et consolatrice. Au creux de laquelle pouvoir se plaindre.

Par quel sale tour se retrouve-t-on brusquement vieux ? Incapable de se rappeler un nom qu'on pensait ne jamais oublier. Était-ce Galatée ? Ou Prométhée ? Cassiopée ?

Les trous de mémoire sont symptomatiques de l'andropause. De même que sa lourdeur à reprendre vie, chaque matin. Alan a lu quelque part que fuir la routine et conserver une propension à l'émerveillement ralentirait le déclin de ses neurones.

*

Des années durant, il a été celui qui rendait possible l'émerveillement de milliers de spectateurs. Des années durant, la routine, pour Alan, a eu le visage de ces filles, dans chaque ville, devant chaque salle de concert. Petit sac en bandoulière, cheveux noués de chouchous de velours, glossées, nacrées, sucrées.

Celles qui feignaient de fouiller dans leur sac au contrôle, elles avaient "oublié" leur invitation, celles qui connaissaient un musicien, celles qui prétendaient connaître un musicien, celles qui jetaient leur dévolu sur Alan ou sur un technicien, celles qui entendaient des messages à leur destination exclusive dans les chansons, celles qui se trouvaient mal et qu'il fallait évacuer en coulisses.

Les producteurs de spectacles surnommaient Alan "le couteau suisse". Celui qui réservait les billets de train, d'avion, les hôtels, les taxis, rédigeait les feuilles de route, prenant garde à noter en gras son numéro de téléphone, suivi, en lettres capitales, de : *AVAILABLE DAY AND NIGHT*.

Il a été le père, l'ami, le psychologue des groupes dont il assurait la régie. Des centaines de groupes aux batteurs cocaïnomanes, aux bassistes résignés à se voir félicités pour leur jeu de guitare. Des centaines de chanteurs au torse concave qui vénéraient Radiohead et s'offusquaient d'être comparés à Indochine. Alan était accoutumé à leurs paniques : celle des guitaristes penauds qui venaient lui avouer, deux heures avant la balance, qu'ils avaient oublié leur ampli dans une chambre d'hôtel à six cents kilomètres de là, celle des chanteurs qui se plaignaient que le son était infect dans la salle, pas question de jouer dans ces conditions ; il fallait les amadouer comme on l'eût fait de chiens errants, ces gamins devenus trop célèbres à la faveur de trois accords de guitare, qui finiraient un jour, quinquagénaires revenus de tout ce cirque, par dédicacer des photos d'eux-mêmes adolescents.

Alan-couteau-suisse polyvalent et discret, qui tenait à jour sa liste de dealers livrant à toute heure de l'herbe, des amphètes, des somnifères ou des antidouleurs. Tout comme sa liste de filles qui ne rechigneraient pas à finir la nuit avec un musicien sans pour autant s'imaginer qu'il s'était passé "quelque chose de spécial" entre eux ; et pas des prostituées, car certains chanteurs s'en seraient trouvés offensés. De préférence des étudiantes ou faisant comme si. Alan leur commandait un taxi à l'aube, certaines avaient les yeux cernés et le "merci" éteint.

Les labels vantaient la célérité avec laquelle Alan réglait les embrouilles. "Natacha" en a été une, qu'il a su régler, un soir de février 1995.

Aujourd'hui, "Natacha" doit avoir entre quarante-cinq et cinquante ans. Et le nom qu'il cherche est bien Galatée.

Ce 11 février 1995, il était 20 heures quand Jeff Buckley monta sur scène ; personne n'avait pu convaincre le chanteur d'attendre une dizaine de minutes de plus. Sur le trottoir du boulevard Voltaire, le vigile peinait à contenir les spectateurs agglutinés qui tendaient anxieusement leur billet, consternés d'entendre, depuis la salle, les premières mesures de *The Last Goodbye*. Alan se préparait à profiter du concert depuis la régie son quand il avait été appelé d'urgence par la manageuse française de Buckley, quatre mots crachotants dans le talkie-walkie : gros / problème / dehors / urgent.

Des badauds s'attroupaient autour d'une jeune fille à terre, elle se frottait le genou, quelqu'un avait ramassé ses clés tombées de son sac à dos bleu marine, était-elle blessée ? Le vigile, lui, fulminait : jouer à la victime alors qu'elle lui avait balancé un coup de pied dans le tibia ! Il ne l'avait pas poussée fort, elle jouait la comédie ! Et elle n'avait pas de billet. Un jeune homme secouait la tête, elle le lui avait dit et redit, elle l'avait ga-gnée sa place, au concours Oui FM, son ticket l'attendait à la caisse ! Un autre, casque de moto à la main, désignait la fille en ricanant : c'est que t'es une énervée, toi, chérie !

Il y eut un *OH* collectif au moment où la fille, se remettant debout en un clin d'œil, repoussa le type d'un geste déconcertant d'efficacité qui le fit trébucher sur la poubelle derrière lui. Le motard vociférant force *salope connasse*, le vigile ceinturant la fille : Alan s'interposa, soucieux d'éviter une plainte pour coups et blessures : qu'elle entre, il lui trouverait une détaxe si vraiment elle n'avait pas de billet.

Elle était restée à côté de la console tandis que la salle se vidait, ses cheveux relevés en queue de cheval pris dans l'écharpe qu'elle n'avait pas quittée. "Natacha" avait hésité quelques secondes avant de lui révéler son prénom qu'Alan avait supposé faux sans s'en formaliser. Elle l'avait remercié, s'excusant de ne pas pouvoir "tout de suite" commenter le concert, elle était encore "dans l'ambiance". Il n'aurait su dire si elle était jolie, accoutumé qu'il était aux beautés signalées à grand renfort de rouge à lèvres et d'eye-liner. Elle était convenablement jolie, sans désir de le faire savoir, c'était reposant. Il la prit au mot : si elle ne pouvait pas parler du concert tout de suite, cela signifiait-il qu'elle en serait capable un peu plus tard ?

Ils avaient commandé un chocolat chaud et une bière dans la brasserie qui jouxtait le Bataclan. Assise du bout des fesses sur la banquette, elle avait défait sa queue de cheval avec un soupir de soulagement, comme si elle s'apprêtait à aller se coucher, ses cheveux étaient d'un châtain de bois ciré, avec, aux tempes, l'ombre d'une douceur moirée, ses sourcils fins et légèrement tombants lui faisaient un joli regard de chiot.

Il l'avait questionnée : la plupart des filles s'émerveillaient dès lors qu'un homme s'intéressait à elles.

Dans quel coin de Paris habitait-elle, était-elle étudiante ? “Natacha” avait froncé les sourcils, il était quoi, flic ? Alan s’était rabattu sur un jeu, une façon, pour deux personnes, d’apprendre à se connaître : énumérer quatre peurs chacun.

Convaincu que l’aveu, par un quadragénaire mal rasé, d’une peur de petit garçon attendrissait les filles, Alan avait cité les araignées, les caves, les films dans lesquels le tueur était à l’intérieur de la maison et les orages.

Elle avait commencé par un banal “peur de tout” puis, comme il protestait que ça n’était pas du jeu, avait ajouté les habituels serpents, cafards et autres frelons pour terminer par quelque chose d’insolite : elle avait peur de la gentillesse des gens qu’elle connaissait mal. La gentillesse distribuée comme un *flyer* pour une messe, on se demandait toujours quel en serait le prix. Alan avait trouvé ce trait d’esprit excitant, sa causticité affûtée contredisait une mise brouillonne, le vague d’une silhouette de couches superposées de lainages, chaussettes montantes sur collants noirs, blouson et mitaines grises. Il émanait d’elle quelque chose de gracieusement instable, une légèreté de déséquilibre.

“Natacha” avait l’air d’avoir toute la nuit devant elle, il aurait dû s’en réjouir mais le lendemain matin, il prenait le train à 6 h 50 pour Strasbourg, le surlendemain, pour Rennes, juste avant Toulouse.

Et s’ils sortaient se balader ? Elle acquiesça, lui laissant l’initiative du quartier, tout lui irait ; Alan avait proposé Montmartre, à cette heure-là, on s’y promènerait sans touristes, sa moto était garée tout près, derrière le Bataclan.

Monter la rue Lepic jusqu'à la rue des Saules, éviter la place du Tertre où des rabatteurs tenteraient de les faire entrer dans un restaurant aux tables recouvertes de nappes raides de bière renversée, Alan habitait dans le coin depuis une dizaine d'années. Juste à côté.

Aussitôt prononcée, la phrase lui apparut dans ce qu'elle avait de plus cru : une invite, comme si elle lui devait quelque chose. Bredouillements, explications emmêlées, plus Alan parlait, plus l'hypothèse sexuelle perdait de son attrait ; mais "Natacha" ne semblait pas offensée et s'arrêta devant les hautes grilles du square Louise-Michel, les projecteurs blêmes encerclaient le Sacré-Cœur : ça serait génial d'être seuls là-dedans, non ?

Il avait d'abord lâchement invoqué les gardiens du parc et ses chevilles fragiles, la grille était haute, quand même.

Aucun gardien à l'horizon, il était près de 1 heure du matin, ce genre de grille n'était pas compliquée à escalader, lui objecta-t-elle. Elle lui tendit la main sans moquer sa couardise lorsqu'il s'accroupit sur le bout de muret, la main cramponnée à une boucle de fer forgé.

Elle avait sauté de plus d'un mètre de hauteur.

Elle furetait comme une môme, inspectant longuement les tags, les mots tracés au marqueur sur la pierre, fronçant le nez lorsqu'elle tombait sur une seringue, une bouteille vide de Néo-codion, lui montrant du doigt un préservatif usagé – crado. Le nez enfoui dans son écharpe rouge, debout sur un banc, elle feignait de marcher sur une poutre, pied pointé, les bras en croix.

Elle avait vingt-trois ans. Alan s'était étonné, il lui en donnait dix-sept dix-huit. Aussitôt, elle avait fouillé dans son sac, en extirpant une carte d'identité abîmée, elle avait aussi son permis de conduire, si ça ne lui suffisait pas.

Elle pressait le pas vers la sortie, shootant dans une canette de coca, de petits branchages agrippés à son pantalon, de la terre aux coudes de son manteau, il l'avait hélée, eh, mais non, m'abandonne pas tout seul dans le noir !

Il avait obtenu qu'ils s'asseyent un moment ; devoir escalader la grille une nouvelle fois l'angoissait, il commençait à avoir froid mais "Natacha", comme insensible à la nuit d'hiver, lui posait des questions : Buckley ressemblait-il à sa musique ? Dans la vie ? Jeff avait gardé les yeux fermés pendant toute la chanson *Hallelujah*, était-ce un truc qu'il reproduisait à chaque concert ou l'effet d'une émotion particulière, ce soir-là ?

Alan devait le lui avouer, lorsqu'on lui avait présenté le chanteur, il n'avait vu qu'un joli Américain piège à jeunes filles, maîtrisant parfaitement le regard par en dessous sur les photos de promo. Puis il l'avait entendue, cette voix que les critiques qualifiaient d'"angélique", quand les cinq octaves de Jeff Buckley parcouraient des plaines d'angoisses.

Ce gars avait l'oreille absolue et redoutable. Il fermait les yeux pendant la balance, exigeant le calme, *shut up everybody.* S'approchait du micro, *mmm*, un murmure à peine timbré puis, progressivement, il ouvrait largement la bouche, *mmmeeeeaa*, ça enflait, il accueillait le souffle du diaphragme aux poumons, l'ingé son penché sur la console tentait de parer aux sautes de volume. La salle vide résonnait de ses hésitations, il reprenait inlassablement une phrase de *Hallelujah*, *and love is not a victory march and love is not a*, réaccordant le *mi* de sa guitare, les sourcils froncés, il déshabillait la chanson, en ôtant les voyelles pour ne plus prononcer que les L-N-V-M-L-N. Jusqu'au diagnostic : Jeff venait de déceler une fréquence médium haute "insupportable", autour des deux kilohertz, il fallait régler ça immédiatement. Le gars avait avalé une putain de chaîne hifi !

Alan se rendait compte qu'il parlait trop, qu'il riait trop de ses propres anecdotes : au moindre éternuement de Buckley, son manager se précipitait sur la clim et la recouvrait d'un manteau.

Il s'entendait disserter sur les chanteurs d'un ton pontifiant : lorsqu'ils sentaient les prémices d'une dégringolade, la chute à venir, ils s'accrochaient de façon animale au succès, rappelant des dizaines de fois le directeur artistique qui les éconduisait, c'était d'un triste. La plupart des musiciens avaient besoin d'être rassurés sur leur statut : voilà pourquoi ils réclamaient d'être logés dans des palaces, de dîner dans des restaurants étoilés. Coûter cher aux labels était leur façon de s'assurer qu'on les désirait encore. C'était touchant. Même si Alan avait bien envie de leur mettre une fessée quand ils se plaignaient de l'odeur "moisie" d'une chambre cinq étoiles, menaçant de ne pas jouer si on ne leur trouvait pas mieux. De sales mômes. Des putes, plutôt, corrigea-t-elle, l'interrompant enfin. Oui. Lorsqu'on échangeait quelque chose ayant une valeur matérielle contre une prestation, fût-elle sentimentale ou artistique, on était une pute. Ce n'était pas péjoratif, simplement objectif.

Il ne l'avait pas vue venir, cette véhémence soudaine ; elle avait moqué ses yeux ronds, qu'est-ce qui l'étonnait ? Qu'elle emploie le mot "pute" ? Elle tortillait une mèche de ses cheveux entre l'index et le pouce comme on roule une cigarette. Il ne pouvait imaginer que cette fille ait agressé le vigile.

Il était 2 heures passées lorsqu'ils sortirent du jardin, Alan songeant à son réveil qui sonnerait à 5 h 30, aux feuilles de route à rédiger, aux taxis à commander, aux guitares à protéger, à la salle du lendemain, l'acoustique serait-elle correcte, aux nouveaux problèmes qui ne manqueraient pas de se présenter, à la fatigue de Buckley à qui il restait cinq concerts à honorer en France, Alan pensant à cet "ailleurs" que venait de suggérer "Natacha" : on pourrait aller "ailleurs" ?

La démarche sautillante de la jeune fille le renvoyait à son dos voûté, lui n'était qu'un ventre fatigué, gonflé de trop de sandwichs et de viennoiseries avalés à la hâte, le temps qu'il faudrait passer à la caresser au bon endroit de la bonne façon avant de parvenir à lui ôter ses sous-vêtements l'épuisait à l'avance, sa cheville était douloureuse, il n'aurait pas dû sauter du muret.

Lorsqu'il avait ouvert la porte de son deux-pièces, elle avait admiré l'ordre qui y régnait ; le mérite en revenait à "sa" Iulia, dit-il. Alan n'aurait jamais pensé faire un jour appel à une femme de ménage, mais force était de reconnaître que les femmes étaient plus méticuleuses que les hommes. "Natacha" avait acquiescé, narquoise : oui, quand on nous paye correctement, on fait les choses bien.

Exigerait-elle d'être rémunérée ? Avait-il du liquide sur lui ? Un chèque ferait-il l'affaire ? La possibilité que ce qui suivrait soit organisé comme le ménage de son appartement le soulagea.

Elle s'était déshabillée comme une sportive avant un match, rapidement et sans chichis. C'était excitant.

Ça et son déguisement en “Natacha”. Elle portait une culotte de coton bleu marine et un soutien-gorge gris, l’ensemble désassorti manquait de grâce, peut-être avait-il affaire à une débutante improvisant sa première passe ? Il avait tenté une plaisanterie, faisait-elle du cyclisme, les muscles de ses jambes étaient sacrément dessinés. Alan s’était précipité pour éteindre le plafonnier et allumer la lampe de chevet. Si c’était pour elle, ce n’était pas la peine : la lumière, elle aimait plutôt ça.

Chuchotements, caresses, qu’elle était belle, ses clavicules, la finesse de son cou, la douceur de ses cuisses : le sourire de “Natacha” allongée sur le couvre-lit jaune moutarde, une jambe légèrement repliée, semblait empreint d’une lassitude polie, comme face à un vieux monsieur qui détaillerait trop longuement sa journée.

Il l’avait pénétrée. S’était arrêté pour demander si tout allait bien. Elle avait répondu d’une voix tranquille : ben oui. “Natacha” paraissait appliquée à exécuter un scénario désincarné, une succession de poses. Son détachement lui renvoyait sa propre image échevelée, suante, aux mains malhabiles. Sa jouissance lui parut misérable. Dans la pénombre, de profil, intouchée, à peine rosie aux pommettes, elle renoua ses cheveux et demanda un verre d’eau.

Puis elle revint à Buckley : elle avait découvert le chanteur à l’occasion de son passage dans l’émission “Nulle part ailleurs”. Le coup au cœur comme jamais, ici, elle avait indiqué son cœur de l’index, un geste naïf, cliché.

Cette émotion accordée à Jeff Buckley et totalement absente de leur étreinte blessa Alan et il se sentit ridicule : être jaloux d’un chanteur.

Alors elle lui dit ceci, comme on annonce une maladie incurable : il va mourir bientôt, Jeff Buckley. Sans se laisser démonter par ses taquineries – alors comme ça, elle était prophète ? – elle insistait, citant, pour preuve, les paroles de *Grace*. Pour qui savait écouter, Buckley y annonçait sa mort : *and I feel them drown my name*. Et cette façon de commencer le concert par *This Is My Last Goodbye* ?

Alan se tut : les fans adoraient se faire frissonner en envisageant pour leur idole un destin tragique. "Natacha" faisant montre d'un peu de banalité, c'était rassurant. Il faisait encore nuit quand ils sortirent de l'appartement.

Il la raccompagnerait à la station de taxis, près du métro Pigalle. Dégagé des parades sexuelles, Alan avait retrouvé une énergie qu'il ne se connaissait plus, à peine essoufflé de gravir les escaliers de la rue Foyatier, heureux de l'ébahissement de "Natacha" devant le Moulin de la Galette. Il empruntait une voix nasillarde pour signaler, à la manière d'un guide, *sur votre gauche, le Moulin Rouge* et ses danseuses de cancan, et dans la rue de Douai, plus bas, ces arnaques à touristes qu'étaient les bars à hôtesses, enfin, les bars à putes. T'en es une aussi, tu sais, rétorqua-t-elle sans agressivité. Oui, à la brasserie, Alan lui avait expliqué qu'il détestait le monde de la mode mais que la régie d'un défilé lui rapportait autant que trois ou quatre concerts. On est tous des putes, conclut-elle, songeuse.

Peut-être s'était-il montré indélicat en ne la rémunérant pas.

Les noctambules sous ecstasy sortaient du Folies Pigalle, en proie à une exubérance chimique que contredisait leur teint cireux ; quelques policiers en civil encadraient la bouche du métro fermé, silhouettes massives qui s'adressaient ouvertement à l'émetteur dissimulé dans le col relevé de leur parka.

Il lui sembla que ce serait une attention convenable, enveloppante : Alan posa un bras autour de ses épaules et l'attira contre lui, ses omoplates saillaient sous son manteau, un dos d'oiseau. De ses cheveux émanait un parfum de bonbon chaud, quelque chose de comestible. Il avisa le photographe de la place Pigalle qui guettait les touristes, le Polaroïd battant contre le ventre. Il prit la main de la jeune fille pour l'entraîner vers le type : on va garder un souvenir.

Non ! Pas de photo. Le photographe avait déjà tourné le dos, attiré par un groupe de retraités éméchés qui approchait, des Anglais.

Alan avait ironisé : enfin un indice, "Natacha" était mariée… Le manque de sommeil et le froid l'étourdissaient, sa barbe le démangeait comme au printemps quand les pollens voletaient, il se sentait étrangement heureux d'un rien et de tout : le concert renversant de Buckley, les critiques dithyrambiques qui ne manqueraient pas de tomber, le confort du train à venir, cette nuit blanche adolescente, l'accès gratuit à "Natacha", le Sacré-Cœur et la grille escaladée.

Sur le boulevard de Clichy, des filles en queue de cheval et sac de sport à l'épaule sortaient d'un peep-show à pas vifs pour aussitôt pousser la porte de celui d'à côté. Natacha les désigna du menton : leur job, c'était de danser dix minutes pile face à une vitre. Le client achetait leur nudité, rien de plus. Le *deal* était clair de part et d'autre. C'était parfaitement honnête. Son rire-bulles-de-soda en guise de conclusion était léger, en contradiction totale avec ce qui allait suivre.

Elle se taisait et Alan comprit qu'elle lui entrouvrait un espace : "Comment tu sais tout ça ?" était la question qu'il aurait dû poser mais qu'il ne posa pas, car Alan n'avait pas envie de savoir : il voulait s'en tenir à celle qui sautait des grilles et bastonnait le vigile.

Elle s'assit sur le pavé froid, sous un ciel incertain de fin de nuit : je ne sais pas pourquoi mais je voudrais te dire un truc, dit-elle.

De toute façon on ne se reverra jamais.

Je ne sais pas par où commencer.

T'es pas obligée, lui fit-il, lâche.

Elle employa en préambule des mots qu'Alan jugeait touchants dans leur grandiloquence, qu'il mit sur le compte de sa jeunesse : *passé irréversible, toujours, jamais, impardonnable.*

Elle ne lui demandait rien, qu'il ne la juge ni ne la console.

Le vrombissement des voitures, l'odeur de gaz d'échappement fuligineux d'un car de touristes qui se garait à proximité. Le tremblement des doigts de “Natacha”. Sa voix qui s’enrouait. Les ellipses. Il n’osait pas la regarder. Pas un instant il ne douta de la véracité de son récit. Le tremblement des doigts. La voix qui s’enroue. Les ellipses.

Sa rigueur de régisseur expliquait peut-être qu'il n'eût pas égaré la pochette d'allumettes à l'intérieur de laquelle elle avait consenti à inscrire son numéro de téléphone lorsqu'ils s'étaient quittés à Pigalle.

Elle avait eu raison : Jeff Buckley était mort noyé le 29 mai 1997. Son corps avait été retrouvé sur les rives de la Wolf River Harbor. Un promeneur l'avait vu nager sur le dos, tout habillé, Jeff Buckley fredonnait *Whole Lotta Love*. Il ne s'était pas inquiété, le jeune homme semblait si calme, sa voix, un trait de cristal au-dessus de l'eau.

Alan n'avait pas été invité à se rendre à l'enterrement aux États-Unis.

Le 30 mai, il avait composé, pour la première fois, le numéro de "Natacha" : Salut, on s'est rencontrés au concert du Bataclan en 1995...

Elle qui s'était réjouie d'entendre *So Real* sur France Inter cette nuit, sans comprendre que... Vraiment, elle lui avait dit ça après le concert, qu'il mourrait bientôt ?

Peut-être ne se souvenait-elle pas non plus de ce qu'elle lui avait confié, assise à même le trottoir d'une ruelle de Montmartre aux pavés inégaux, lorsque à l'aube elle lui avait révélé l'ampleur de son désastre.

Ils étaient restés en contact jusqu'en 2002, de loin en loin. Les rôles étaient immuables. Alan maugréait, "Natacha" l'écoutait : non, la musique live n'était pas menacée par les pirates du web, n'en déplaise aux producteurs de spectacles qui avalaient un Spasfon à la moindre mention d'un MP3, elle était simplement en passe de succomber à une épidémie de nidification. On était insidieusement passés du : "Restez chez vous, nous vous livrons pizzas, chaussures et romans" au : "Rentrez chez vous, il n'y a que là que vous serez en sécurité", une injonction de couvre-feu.

Alan avait beau avoir fêté ses cinquante-six ans, partager la table de trentenaires lui donnait l'impression de dîner chez ses grands-parents : ces jeunes gens s'enthousiasmaient pour ces carreaux de ciment au-then-ti-ques dont ils orneraient leur salle de bains, ils échangeaient les meilleurs "trucs" pour ranimer le lustre d'une table basse. Cette passion qu'ils manifestaient pour le *"home sweet home"* lui fichait le cafard.

Un siècle s'annonçait où il serait le dernier à ne pas user d'un lexique de chef, tous ces "émincés" et autres "duxelles de champignons". Les jambon-beurre des salles de concert seraient bientôt aussi exotiques que l'odeur du tabac.

La folie du nid contaminait aussi les relations amoureuses. Si Alan avait pu craindre, par le passé, de ne pas être à la hauteur des fantasmes de ses partenaires, aujourd'hui, il redoutait leur œil de décoratrices. Une femme d'une trentaine d'années qu'il convoitait s'était, chez lui, longuement arrêtée sur l'affichette d'un concert de Nirvana punaisée au mur. Lui avait-elle parlé musique ? Oh que non : elle lui avait conseillé une boutique de cadres vintage. Alan l'avait remerciée mais jamais il n'encadrerait Kurt

Cobain. Quelques jours plus tard, d'un SMS, elle avait mis fin à leur relation naissante : Alan soupçonna les punaises d'avoir joué en sa défaveur.

De même que lors de leur rencontre, Alan déblatérait sans fin : il travaillait de moins en moins, maintenant, les stars de la pop débarquaient avec leur équipe au complet, régie comprise, quant aux groupes plus modestes, ils n'avaient pas les moyens de se payer un régisseur, l'ingé son se chargeait de tout. Et sur scène, c'était pareil : les tourneurs a-do-raient les duos. Très chic. Pas cher. Et les chanteurs ne juraient que par les multi-instrumentistes, très chics, pas chers.

Heureusement, l'Oréal faisait appel à lui pour des *"events"* et autres séminaires ; les commerciaux étaient autrement plus dociles que les chanteurs. C'était d'un ennui total. Mais…

Tu es bel et bien devenu une pute. Pour ça aussi, j'ai été visionnaire.

Avant de raccrocher, "Natacha" lui annonça qu'elle était avec "quelqu'un", et Alan entendit, peut-être à tort, qu'elle lui disait au revoir.

*

Alan entrouvre la fenêtre. La pluie a cessé. Un message s'affiche sur l'écran de son téléphone : sa nièce. Qui accouchera bientôt d'une fille et ne trouve pas d'idée de prénom. Elle se doute qu'il lui proposera un truc ringard mais…

Les lettres se bousculent sous ses doigts, qui surviennent comme une évidence : Natacha. Pourquoi pas Natacha ?

La réponse quasi instantanée de sa nièce – MDR – encadrée de trois petits visages ; le premier émoji pleure des larmes de rire turquoise, le deuxième écarquille des yeux stupéfaits, le troisième a le teint vert et vomit un mélange arc-en-ciel.

Sérieux ? C'est tout ce qu'Alan peut lui offrir ? Un prénom de mauvais téléfilm ? Un prénom de pute ?

Dans le miroir de la salle de bains, un vieil adolescent lui fait face, orphelin d'un passé à l'odeur de cendres froides, celle des brasseries lorsqu'on y fumait encore. Lorsqu'on notait sur un bout de papier le numéro de téléphone d'une fille. Lorsqu'on ne cherchait pas sur la toile les preuves de l'identité vérifiable de celle qu'on venait de rencontrer.

Aujourd'hui, elle doit avoir quarante-huit ans, "Natacha", venue toute seule au Bataclan en février 1995, qui avait balancé un coup de pied dans le tibia du vigile et s'adoucissait au contact de la lumière, une inconnue préservant parfaitement son anonymat de fille nue.

"Natacha", une douzaine d'années en 1985, prétendante à la bourse Galatée.

5

C'est une chose curieuse que de rouvrir une boîte à souvenirs ; on a le geste sûr, on ne doute pas que le passé aura la mine touchante d'une vieillerie démodée. Mais les regrets se révèlent intacts, tranchants.

Aujourd'hui encore, Lara n'évoque que rarement Cléo. Parce qu'elle ne parvient pas à ôter ses aspérités à ce souvenir pour le transformer en douceur mélancolique. Cléo reste fichée dans le temps, un miroir tendu à ses manquements. Mais quoi, Lara avait vingt ans tout juste à l'époque.

*

Vingt ans à l'automne 1998, une étudiante en deuxième année de sociologie qui se qualifiait d'"inculte notoire" avec la légèreté insouciante de celle qui revient de vacances et se vante de ne jamais se maquiller. Le père de Lara disait qu'au lycée, comme à la fac, elle s'en sortait, car elle vivait sur ses réserves culturelles : ses parents l'avaient traînée de galeries en spectacles toute son enfance, à l'âge de cinq ans, elle jouait à cache-cache dans le jardin du musée Rodin et, à huit ans, s'endormait pelotonnée sur les sièges gris du théâtre de la Ville.

Sa mère rédigeait des critiques théâtrales pour un magazine à la couverture glacée si épaisse qu'on pouvait poser dessus sans dommages une théière brûlante.

Ses réserves n'étaient pas qu'artistiques mais politiques aussi : sur le bureau de son père, une photo d'elle hissée sur ses épaules attestait de sa présence à la Bastille le 10 mai 1981, elle avait trois ans.

Ses parents payaient le loyer de l'appartement dans lequel elle vivait depuis un an en colocation. Serveuse à mi-temps dans un salon de thé, Lara se chargeait du reste qu'elle réduisait au strict minimum : une carte de fidélité à l'Action-Christine pour le cinéma, des livres empruntés à la bibliothèque et, pour se vêtir, le Guerrisol de Barbès.

À son arrivée à la fac, Lara s'était réjouie de la multitude d'affichages invitant à des rassemblements ; elle avait assisté à une réunion de l'Unef, s'y était terriblement ennuyée, tout n'était que luttes intestines et politique politicienne.

Mais ceux et celles qu'elle rencontra en décembre, qui montaient un collectif informel encore dépourvu de nom, la séduisirent, précisément parce qu'ils ne "faisaient" pas de politique : ils abhorraient cette expression. Leurs textes, qu'ils collaient partout dans Paris au gré d'un arbre ou d'une façade d'immeuble, cisaillaient le vocabulaire mortifère des partis, dénonçaient la frilosité des syndicats qui ne faisaient que "négocier la longueur de la laisse" des travailleurs. Ils engageaient à sortir du parcours immuable des manifestations Nation-Bastille, à improviser des rassemblements sauvages. Le mardi précédent, ils avaient occupé à cinquante l'ANPE de

Belleville pour exiger qu'on verse ses allocations à un quinquagénaire radié pour n'avoir pas fait preuve d'assez de "volonté dans sa recherche d'emploi" ; ils n'en étaient pas sortis avant que le dossier soit rouvert, la prime de précarité attribuée. Le vendredi, Lara les avait rejoints au Bon Marché sans savoir ce qui s'y déroulerait ; là, ils avaient choisi le meilleur saumon d'Écosse, le caviar le plus fin et plusieurs bouteilles d'un champagne réputé. Puis, ils avaient déployé une nappe rangée dans leur sac à dos à même le sol et avaient invité les clients et les vigiles à dîner en leur compagnie. Au directeur ébahi, ils avaient tendu un tract : "Vous, vous avez le fric, nous, nous avons le temps." D'autres avaient rempli à ras bord un caddie de victuailles, l'avaient abandonné devant l'entrée du magasin : que chacun se serve, ça serait bientôt Noël.

Le mouvement social auquel se joignait le collectif prenait de l'ampleur, un sondage avait révélé que 63 % des Français soutenaient ce que les quotidiens appelaient la "grogne" des chômeurs : les salariés en étaient tous, des chômeurs en devenir.

À cette revendication de ceux qui réclamaient une augmentation de la prime de fin d'année, la ministre du Travail, Martine Aubry, venait de répondre en attribuant un franc et quarante-huit centimes par personne concernée.

À Nancy, à Caen, à Marseille, en passant par Rouen, Bordeaux ou Brest, des permanences ANPE restaient occupées à l'approche des fêtes. Les assemblées d'étudiants se voyaient rejointes par des employés de bureau, des cheminots, des infirmières, des enseignants et des cadres "remerciés", des paysans étaient venus en petite délégation affirmer leur soutien aux blocages qui émaillaient la France. Si au départ, on ne débattait que d'indemnités à obtenir, maintenant, c'était d'autre chose qu'il était question : on y confiait sa honte d'être considéré comme un "inactif", son humiliation de ne pas avoir de réponse à la question : "Et toi, qu'est-ce que tu fais ?"

Lara se réveillait épuisée : les assemblées se terminaient fréquemment après minuit, des rendez-vous étaient donnés pour des actions dès 6 heures, et elle prenait son service au salon de thé à 10 heures.

Les employés de Kanel suivaient ses agissements à distance, lui gardaient les articles du *Parisien*, le collectif avait même fait la une avec sa banderole, qualifiée d'anarchiste : *On veut un boulot de merde payé des miettes.*

L'avenue où se trouvait Kanel, au métro Pont de Neuilly, était le royaume de la blondeur, depuis les passantes aux cheveux méchés à leur mini-chien tout de fourrure blanc et beige en passant par les hautes façades ocre des sièges sociaux et des banques.

Delphine, la manageuse, soulignait avec emphase que les habitués du salon de thé n'étaient pas n'importe qui : des artistes qui sortaient des studios télévisés tout proches. Delphine les appelait par leur prénom : Mallaury et Astrid ne juraient que par la tarte provençale, elles jouaient dans *Sous le soleil.* Janice, la choriste de François Feldman, aimait boire un thé au caramel avec sa tarte au chocolat.

Les mines de groupie de Delphine, et l'anxiété avec laquelle elle surveillait le bout de ses doigts comme pour s'assurer que ses longs ongles d'un beige lustré ne s'étaient pas fait la malle, lui conféraient un reste d'adolescence touchante. Elle avait pour mission de "donner plus de cachet" à Kanel : un papier peint Art déco décorait les murs des toilettes, elle prévoyait d'investir dans une nouvelle tenue pour les serveuses, jupette bordeaux avec nœud de taffetas noir sur la hanche et chemisier style bowling noir.

Lara fulminait : pas question de porter un uniforme de téléfilm américain pour flatter les rêves de grandeur de la patronne. Les trois autres serveuses, deux étudiantes de son âge et Christelle qui venait de fêter ses quarante ans, arguaient qu'au moins, elles ne saliraient pas leurs vêtements. C'était une question de principe, insistait Lara : on n'allait pas offrir son corps en plus de son temps. Christelle l'avait prise de court lorsqu'elle avait demandé en quoi un bout de tissu rendrait les choses *pires.* Elle serait virée, Lara, si elle ne cédait pas, voilà ce que Delphine en ferait, de ses principes.

Les tartes invendues qu'elle emportait chez elle, les copains ravis de déjeuner gratis les jours où elle tenait la caisse : c'était le job le plus supportable que Lara ait eu, comparé à vendeuse chez Agnès B. ou modèle aux Beaux-Arts. Si l'affaire de l'uniforme se tassait.

Elle n'osait l'admettre mais prononcer ces phrases emplissait Lara d'une excitation enfantine : *Et pour vous, ça sera, dix francs cinquante s'il vous plaît et vingt qui nous font, vous faudra-t-il autre chose ?* Voici qu'elle était adulte et que d'autres y croyaient, à la Lara serveuse.

Lara aimait disposer les tasses et les soucoupes sur les napperons, elle aimait la salle vide aux chaises retournées, le parfum de cannelle et de cardamome, elle aimait déjeuner des restes de la veille à 11 h 15, s'attabler aux côtés du plongeur tamoul et du cuisinier pakistanais.

Au bout d'une dizaine de jours, Lara savait distinguer les acteurs des musiciens. Les premiers parlaient fort, ivres d'une énergie qu'ils contenaient durant leurs journées étirées d'attente sur des plateaux de tournage. Les musiciens, eux, ne s'attendaient pas à ce qu'on les reconnaisse.

Les vendredis, il fallait réserver une grande table aux danseurs des Ballets de Malko, qui se produisaient dans diverses émissions de variétés. Lara leur trouvait une dégaine de vagabonds anémiés, ces pâleurs de leurs visages, ces cernes, ces entassements de lainages d'une propreté douteuse, jambières amollies sur les chevilles, pantalon de jogging sur lequel pendouillait un pull trop large, le cou protégé d'une écharpe, ils traînaient les pieds en marchant, seul leur port de tête – ce cou étiré – contredisait cet apparent épuisement.

L'un d'eux avait laissé à Lara son numéro de téléphone ; Éric n'avait pas semblé accorder beaucoup d'importance à ce qui adviendrait, c'était laissé à sa convenance : si elle le souhaitait, ils se reverraient et coucheraient ensemble.

Ce fut un moment agréablement inodore et lisse, à l'image du corps du jeune homme, ce territoire de fermeté douché trois fois par jour après les répétitions. Ils ne se dirent pas grand-chose après s'être rhabillés, partagèrent un thé, une tranche de cake et quelques tracas : lui cherchait un véto pour son chat et Lara, une colocataire. La précédente, Lise, venait de retourner chez elle, aux États-Unis. Éric connaissait justement une danseuse en quête d'une chambre.

Tout se déroula très simplement. Lara appela la fille, celle-ci vint dès le lendemain, munie d'une chemise dans laquelle elle avait rangé ses feuilles de paye. Lara refusa de les parcourir, embarrassée d'être mise dans la position d'une Delphine, de jauger de la fiabilité financière d'une fille du même âge qu'elle. En gage de sérieux, la jeune danseuse énuméra les émissions auxquelles elle participait, son CV : Drucker, Sabatier… Lara l'interrompit, hilare, elle n'était pas très "variét' paillettes" mais bien sûr, on ne pouvait pas toujours choisir son job.

Cléo ? C'était le diminutif de Cléopâtre ou un hommage au film de Varda, *Cléo de 5 à 7* ? Sa nouvelle colocataire bredouilla qu'elle ne connaissait pas le film.

Dans le couloir, Cléo s'arrêta devant les affiches punaisées au mur.

LE CHÔMAGE C'EST LA MISÈRE LE TRAVAIL C'EST L'EXPLOITATION
ON NE VEUT PAS DES MIETTES ON VEUT TOUTE LA BOULANGERIE
LE TRAVAIL EST À LA VIE CE QUE LE PÉTROLE EST À LA MER

Elle les examinait avec l'attention qu'on accorde au plan de métro d'une ville qu'on ne connaîtrait pas et Lara en fut embarrassée : ce regard perplexe transformait ses slogans préférés en langage d'initiés. Cléo s'excusa : elle n'y connaissait rien, à la politique.

Mais Cléo avait-elle entendu parler des récentes occupations d'agences ANPE ? De l'action-réappropriation au Bon Marché ? Ce soir, il y avait l'assemblée des "chômeurs heureux" à Jussieu, si ça l'intéressait. Et on n'y parlait pas la langue des baltringues pour qui on nous pressait de voter, d'ailleurs, le vote, s'il changeait quelque chose, serait interdit. Cléo acquiesça poliment et prit le double des clés, elle reviendrait le surlendemain avec ses affaires.

Le matin, avant son cours de danse, Cléo lavait sa tasse d'un filet d'eau, la séchait et la remettait sur l'étagère, elle fermait doucement la porte de la salle de bains lorsqu'elle prenait sa douche, ne claquait pas la porte en quittant l'appartement, elle ne recevait pas d'appels sur le fixe et ne laissait pas de messages sur le répondeur. Seuls ses justaucorps et ses collants suspendus sur le sèche-linge attestaient de sa présence, ainsi qu'une odeur de camphre dans la salle de bains. Mangeait-elle ? Probablement pas : à l'intérieur du frigo, les mêmes aliments étaient rangés à l'identique, nul couteau dans l'évier témoignant d'un bout de fromage coupé à la hâte. Le vendredi et le samedi, Lara entendait la clé dans la serrure tard dans la nuit, les autres soirs, Cléo restait dans sa chambre. Lara toquait à la porte : quelques copains étaient là, est-ce qu'elle boirait un verre avec eux ? Cléo, assise en tailleur sur le lit, des copies doubles de lycéenne à la main, déclinait gentiment, merci. Elle préférait continuer à lire.

Lara laissait un post-it sur la table de la cuisine – *Si tu veux, on peut dîner ensemble ce soir* – qu'elle retrouvait enrichi de quatre mots et de trois points de suspension : désolée je répète tard…

À ceux – les copains du collectif, ses parents – qui s'étonnaient de ne pas la croiser, Lara répondait en soupirant : ne JAMAIS partager un appart avec une danseuse, cette fille était d'un ennui total, rien ne l'intéressait à part ses pieds douloureux et se trémousser derrière Whitney Houston.

Au bout de deux semaines d'une présence si feutrée, Lara n'avait qu'une envie : débouler dans la chambre de Cléo en pleine nuit et déranger ce sillage d'absence, dire qu'on n'était pas à l'hôtel, ça ne serait pas possible, ciao.

Elle continuait à servir Cléo le vendredi et le samedi midi chez Kanel, mais même là, elles peinaient à se comprendre : étonnée de ne pas voir comptabilisée sa part de tarte sur l'addition, Cléo avait fait remarquer à Lara son oubli. Celle-ci avait tenté de lui faire comprendre discrètement – Delphine n'était pas loin – qu'il ne s'agissait pas d'un oubli. Le soir même, Cléo frappait à la porte de sa chambre : elle n'aimait pas devoir quoi que ce soit à quiconque. Elle paierait ce qu'elle devait, comme les autres.

Tout ça pour une part de tarte aux courgettes et un coca ? C'était un peu disproportionné, cette véhémence, non ? Avec ce qui rentrait dans la caisse tous les jours, Cléo n'avait pas besoin de s'inquiéter pour Kanel. Delphine clamait son amour de l'art : qu'elle le prouve en soutenant les danseurs ! Cléo secoua la tête, non, elle ne voulait pas de faveurs. Rien.

La semaine suivante, Lara apporta l'addition à Cléo, agrémentée d'un caramel au beurre salé : elle n'allait pas refuser ça, tout de même ? Cléo rougit, un lever de soleil de la gorge jusqu'aux yeux.

Elles commençaient à s'arranger de leur cohabitation, Cléo notait les noms de ceux qui cherchaient à joindre Lara, Lara ne touchait pas au paquet de Tuc dans le placard : les dîners tardifs de Cléo étaient invariablement salés et industriels.

Certaines journées semblaient trop lourdes pour Cléo. Elle restait dans sa chambre, ne mangeait rien, ne se rendait pas en cours, elle était patraque. Lara questionnait, elle avait ses règles ? Le cafard ? Quelque chose que Lara aurait dit ? Cléo secouait la tête. Ça irait mieux demain.

Sa mère s'était montrée interloquée que Lara ne sût pas quel style de danse pratiquait Cléo : classique, moderne, contemporain ? Elle ne lui avait pas posé la question ? Pourtant, c'était intéressant de partager le quotidien d'une artiste. Lara avait alors évoqué les émissions de variétés et face à la déception de sa mère – Cléo n'était donc pas une *vraie* danseuse – Lara avait ajouté que c'était sûrement provisoire, un simple job. Elle mentit comme on s'invente une licence de philo ou comme on se rajeunit sur un CV, par souci d'elle-même.

Un samedi soir de décembre à 20 h 30, seule dans l'appartement, Lara s'empara de la télécommande, ce geste d'enfance, les mercredis *Albator*, les samedis soir *Champs-Élysées.*

Le générique de l'émission s'annonçait dans un roulement de batterie, une colonne Morris dévoilait un à un les visages des invités tandis que surgissaient, sur l'esplanade du Trocadéro, les danseurs virevoltants que Lara servait tous les vendredis. Michel Drucker, nœud papillon noir et pochette rouge, annonça les merveilles à venir d'une voix douce et cassée, il semblait à peine prévenu, stupéfait du programme : *Une soirée exceptionnelle et tout de suite les Ballets de Malko, formidables.*

En fond de plateau, à gauche sur l'écran, Lara ne la reconnut pas tout de suite : Cléo, figée en un sourire immobile que démentait son thorax haletant. L'ovale du visage incliné de Cléo était celui d'une enfant dans un tableau du XVIIIe siècle, un visage de gamine d'une douceur royale travestie en adulte, déshabillée d'un soutien-gorge noir brodé de paillettes et d'un mini-short en skaï.

Lara avait un jour demandé à Cléo comment juger du niveau d'une danseuse. La rapidité de ses gestes, sa souplesse, sa grâce ? Devant l'écran, elle comprit que c'était autre chose : cette capacité à ravir l'attention, toutes les attentions, par millions, dont celle de Lara. Cette capacité à donner envie d'être Cléo, agile, athlétique, précise et troublante.

Le générique de fin défilait sur les cuisses gainées de lycra noir de Cléo, elle enlaçait une danseuse d'un blond platine, toutes deux arboraient le même sourire laqué vermillon, la même frange de faux cils. La caméra hésita un instant entre elles deux puis choisit Cléo, zoomant sur sa peau scintillante, découpant la danseuse en vignettes dorées : seins, cuisses, fuselage d'une taille prise au plus serré, Cléo en pièces détachées, offerte à la France du samedi soir.

Un lundi de janvier, Lara rentra tard d'une manifestation pour trouver Cléo dans la cuisine devant une tasse de thé : sur France Info, ils avaient évoqué des heurts avec la police en fin de cortège, est-ce que ses amis allaient bien ? Et elle ?

Lara, la cheville douloureuse d'avoir couru longtemps, les yeux irrités par les lacrymos, n'avait pas la moindre envie de choisir les mots susceptibles de ne pas effaroucher sa colocataire si peu politisée. Mais la danseuse ne demanda rien de plus, lui servit un thé, se cognant la hanche de façon comique contre le cadre de la chaise en bois en se précipitant vers la bouilloire. Cléo remplit un sac plastique de glaçons qu'elle enveloppa dans un torchon, le noua autour de la malléole enflée de Lara. Vêtue d'un pyjama bleu ciel d'enfant, elle exhibait son pied osseux à Lara, les orteils comme une serre d'oiseau, montrant des exercices, cent sept ligaments, ça s'entretenait. Elle planta son pouce dans la voûte plantaire du pied valide de Lara ; il fallait appuyer fort pour dénouer les tensions, si ça ne faisait pas mal, c'était qu'on n'avait pas débusqué le vrai problème. Lara lui sourit : cette maxime était-elle applicable à d'autres aspects de sa vie ?

Au moment d'aller se coucher, Cléo passa la tête par la porte entrouverte de sa chambre : oui, si ça ne faisait pas mal, c'était qu'on n'avait rien osé déranger.

La créature que Lara regardait danser à la télé tous les samedis soir sans le lui dire semblait sans rapport aucun avec sa colocataire. Et la réserve de Cléo la piquait comme un mensonge : la danseuse jetait des regards lascifs aux chanteuses aux côtés desquelles elle évoluait et se métamorphosait en fille placide dès qu'elle passait la porte de l'appartement.

Cléo faisait renaître en Lara des contradictions adolescentes : l'envie impérieuse d'être adoubée par celle que tous les garçons désiraient, couplée à une méfiance envers celle que tous les garçons désiraient.

À quatorze ans, Lara s'était prêtée avec joie à un relooking gratuit offert par une maquilleuse des Galeries Lafayette. Elle avait encore en mémoire ce plaisir du sérieux avec lequel toutes deux avaient longuement hésité entre plusieurs nuances de rouge à lèvres, vermillon, corail, lie-de-vin.

Lorsqu'il lui avait ouvert la porte, son père avait éclaté de rire : c'était quoi ce style *pouffe* ?

Lara collectionnait les photos de Vanessa Paradis, au grand désarroi de ses parents consternés du *mauvais goût* de leur fille.

À la fac, il était de bon ton de railler la démarche oscillante des étudiantes en talons hauts ; Lara s'en tenait invariablement à un pantalon noir, un large sweat sombre et des baskets. Le collectif avait rédigé un texte glorifiant l'androgynie et dénonçant l'aliénation imposée par les diktats de la féminité. Androgynie ? s'était étonnée Cléo lorsqu'elle l'avait lu, mais Lara et ses amies étaient toutes vêtues comme les hommes du collectif, pas l'inverse : ce n'était pas l'androgyne qui prévalait, mais le masculin. Les seins de Lara étaient-ils un signe d'infériorité ?

Cléo, elle, voguait d'un visage à l'autre, d'un sexe à l'autre ; le samedi soir, elle se démaquillait devant le miroir de la salle de bains, en culotte et débardeur, triceps apparents, veines saillantes au poignet. Le gras de la crème défaisait le sourire laqué et le regard d'invite. Au réveil, Cléo conservait des perles de pigments azurés au coin de la paupière.

Cléo, un dimanche, avait demandé à Lara de l'aider, elle avait envie de passer au roux : les mains gantées de latex, Lara avait déposé au pinceau la teinture à l'odeur astringente d'ammoniaque sur le crâne renversé de sa colocataire. À l'envers, les cheveux plaqués et les yeux clos, Cléo ressemblait à un chat, à un petit garçon.

Lara se targuait d'être dotée d'un don d'anticipation, lequel, le plus souvent, ne donnait lieu qu'à de pesantes anxiétés : elle allait dîner chez ses parents, s'annonçait à l'interphone d'un "c'est moi, maman" enjoué, et la mort à venir de sa mère lui montait au cœur.

Au premier baiser d'un garçon, Lara visualisait la rupture. Quand le chien de sa cousine se lovait contre elle, Lara frissonnait : ce regard confiant de l'animal s'adresserait bientôt au vétérinaire qui lui ferait la piqûre terminale.

Mais lorsqu'elle fit la connaissance de Cléo, Lara ne pressentit rien ; rien de ce qui, trois mois plus tard, ressemblerait à une évidence. Des semaines durant, Lara s'agaça d'une colocataire malaisée à cerner. Puis, sans étapes, ni avancées, soudain rien ne fut pareil.

Lara avait envie de parler de Cléo à tous. Mais pas en s'en plaignant à sa façon habituelle. Elle avait envie de raconter Cléo, d'en porter le drapeau.

Ces danseurs-là, qui travaillaient pour des émissions de variétés, étaient des ouvriers de l'art, sans gloire, expliquait-elle à son entourage. Les spectateurs ne s'attardaient pas sur eux. Personne n'écrirait d'articles élogieux sur Cléo. Et le plus beau, s'emballait Lara devant ses amis déconcertés, c'était que Cléo s'en fichait. Alors que tous, dans la compagnie de Malko, étaient formidables. Finalement, lui fit remarquer une amie, Lara était très "variét' paillettes".

À quel moment les lettres du prénom de Cléo s'immiscèrent-elles partout en un Scrabble joyeux ?

On disait pied, Lara entendait jambe, collants noirs, CLÉO. On disait douleur, elle pensait camphre, pommade, salle de bains, CLÉO CLÉO. On servait à Lara un thé trop infusé : CLÉO, le matin, qui oubliait la passoire dans la théière. Des copines féministes prenaient la tête d'une manif, leur banderole citait Emma Goldman *"Si je ne peux pas danser, ceci n'est pas ma révolution"* : CLÉO CLÉO CLÉO.

On était en mars, l'appartement était devenu un théâtre où se déroulaient de courtes et anodines saynètes : le samedi vers minuit, avec l'attention d'une épouse de téléfilm, Lara l'attendait, l'accueillait, s'enquérait de la soirée de Cléo. La choré ? Difficile ? Le chanteur ? Sympa ? Et Drucker ? De bonne humeur ?

Assise sur la cuvette des WC en petite culotte, les sourcils froncés, jambes entrouvertes, Cléo appliquait un onguent sur les traces bleues laissées par les doigts de son partenaire. Lara l'avait remarqué ! Ce danseur au crâne rasé l'avait soulevée avec une brutalité incroyable !

Connaître les coulisses lui assurait une place à part, elle n'était pas dupe de la Cléo à faux cils qui draguait la terre entière.

Toutes deux assises en tailleur sur le lit, Lara brossait une à une, précautionneusement, les mèches engluées de gel pailleté. Cléo s'impatientait : que Lara tire donc un bon coup, on n'allait pas y passer la nuit. Le lundi soir, après un dimanche de repos, Cléo lui tendait sa jambe, *Tire-moi les jambes*, ordonnait-elle. Lara s'emparait de sa cheville et montait lentement la jambe de la danseuse. Cléo prenait appui d'une main sur l'épaule de Lara, Cléo, de près, avait les cils fins et raides d'une petite fille.

Et finalement, c'était arrivé. L'air froid entrait par la fenêtre entrouverte de la chambre et tout le reste faisait une pause, comme si le quartier entier retenait sa respiration, plus d'avions ni de passants qui se hélaient en sortant du bar en bas de la rue, plus de bus ni de sirènes ni de bourdonnements de frigo, une éclipse. Lara était étendue sur le ventre, Cléo à califourchon sur ses fesses lui massait ses trapèzes douloureux, le cerveau de Lara butait sur un embouteillage d'images, la main de Cléo sur ses omoplates, la main de Cléo sur ses flancs, au creux de l'aisselle, Lara voyait le moment tout entier comme un nuage statique, un présent gigantesque. Cléo se soulève à peine, Lara se retourne, puis du bout des orteils jusqu'à la paume des mains, ses seins contre les siens, Cléo la recouvre, ses hanches contre celles de Lara, qui s'ouvre, elle se coule au ventre de Cléo.

C'était la première fois, murmura-t-elle. Et Cléo, souriante : Tant mieux. Alors Lara : pour elle c'était banal ? Il y en avait eu beaucoup, des filles ? Laquelle ? Mélanie la peroxydée ?

Ta peau, c'est un scandale, disait Lara, la joue posée au creux de l'aine de Cléo dont le silence accentuait l'emphase de ces mots, mais ce n'était pas grave. Qu'avait-elle fait de son corps, de son sexe, toutes ces années ?

Les jambes de Cléo étaient marquées d'ecchymoses, des nuances de bleu : Lara suivait de l'index la corne du talon rêche, les cuisses à l'odeur d'arnica, ce bombé du quadriceps, elle immobilisait Cléo, son genou glissé entre les cuisses chaudes de la danseuse, le nez dans son cou, le souffle coupé, le plaisir surgissait sans préambule, la traversait.

Cléo apportait son thé au lit à Lara avant de partir au cours, elle lui achetait le pain au seigle et au miel dont elle raffolait, lui massait les pieds après son service au salon de thé, riait aux imitations que Lara faisait de Delphine. Cléo disait *comme tu veux, tout me va*, lorsque Lara proposait de choisir entre deux films, deux expos.

Cléo qui venait de fêter ses vingt-sept ans, sept de plus que Lara, était une môme. Qui pouffait lorsqu'elle prononçait le mot "chatte". Qui faisait des paris stupides : chiche qu'elle demanderait une "braguette" à la boulangerie. Qui était incapable de prévoir ce qu'elle allait faire cet été, c'était "trop loin". Qui se déshabillait en jetant ses habits en tas, sa chambre était un foutoir d'ado, maugréait Lara en trébuchant sur une serviette roulée en boule ou un magazine.

C'était mignon cette façon qu'avait sa coloc de dire "envoir" pour "au revoir", avait fait remarquer Ivan, un camarade du collectif. Lara l'avait rabroué, se moquer de fautes de langage, c'était du mépris de classe. Elle, elle corrigeait avec douceur la danseuse, AU-RE-VOIR. Et on ne disait pas "ramener du café" mais "rapporter".

Cléo avait vaguement mentionné qu'elle avait grandi en banlieue est. Lorsque Lara s'était enquise des "conditions de vie" de ses parents, Cléo s'était esclaffée : on avait prononcé le mot "banlieue" et donc Lara imaginait des tours et des *dealers*. Les appartements des HLM de Fontenay étaient spacieux et lumineux, sa mère était vendeuse dans une boutique de vêtements à Paris, son père, lui, avait eu du mal à retrouver du travail après son licenciement, aujourd'hui il travaillait au stock chez Carrefour. Cléo admirait sa mère qui se *défonçait* : tu ressortais de sa boutique avec un pull même si tu n'avais pas l'intention d'acheter.

Ce vocabulaire de combat de la danseuse mettait Lara mal à l'aise, elle levait les yeux au ciel, pitié, pas de Bernard Tapie dans son lit. Comme cette façon qu'elle avait de se planter devant le miroir en pied du salon, se faisant face comme on prend connaissance d'un ennemi : *feignasse mollasse.*

La violence verbale de Cléo tournoyait, s'abattait, n'épargnant que Malko : tel cameraman n'avait qu'à crever la gueule ouverte, qui faisait, sans la prévenir, des gros plans sur ses seins. Heureusement que Malko était là pour veiller sur elle. Tel animateur était un porc à éviscérer, qui couvrait de compliments les danseuses qu'il notait de un à dix à la cantine de TF1 une fois qu'il avait couché avec elles. Mais Malko l'avait à l'œil.

Lara raillait la vénération de Cléo pour celui qu'elle appelait le "patron", Cléo avait protesté : c'était un maître. Pas un patron. Et par ailleurs, ses parents vénéraient Tapie.

"Tu ne me l'avais jamais dit" devint le leitmotiv de Lara, elle voulait tout savoir. Que rien ne reste dans l'ombre. Cléo n'avait pas passé son bac. Elle lisait des extraits de la Torah, en révérait la philosophie. Opium, le parfum de Saint Laurent, lui soulevait le cœur. Elle n'avait pas vraiment eu d'histoire d'amour sérieuse. Elle ne détestait pas faire l'amour avec des garçons, elle trouvait simplement ça très ennuyeux. Elle n'avait pas beaucoup de souvenirs d'adolescence. Être un corps dansant, pour elle, c'était savoir s'arrêter au bord de la douleur, comme d'un orgasme. Elle défendait l'idée d'une poésie populaire : les chansons. Les mots, lorsqu'ils parvenaient à nous bouleverser, nous modifiaient.

Lara pensait parfois ceci : en fait, elle est intelligente, Cléo, pour aussitôt se corriger : Cléo était plus complexe que ce qu'elle laissait entrevoir.

Lara confiait à Cléo ses atermoiements universitaires : socio, littérature anglo-saxonne, histoire, elle hésitait pour l'année prochaine. Lara ne se connaissait aucun désir impérieux. Sauf pour Cléo. Elle l'attirait vers elle, sur elle, en elle.

Tout avait changé. Lara regardait les hommes dans la rue, elle ne ferait plus jamais l'amour avec aucun.

Elle les quittait comme on referme la porte d'une maison de vacances confortable et trop familière.

Elle s'interrogeait : en quels termes annoncer ça aux autres ? Je suis amoureuse de ma coloc. Je sors avec Cléo. À la fin d'une réunion, histoire de clouer le bec d'un nouveau qui avait traité le collectif de "curés", Lara avait fini par le dire : je couche avec une danseuse de chez Drucker tu verrais ses abdos. Un après-midi d'avril, Cléo l'avait rejointe à la fin d'une manif ; au café, Lara arborait Cléo, elle caressait du bout des doigts la gorge de la danseuse tout en discutant avec les copains, enivrée de leur regard furtif.

Je voudrais te dire un truc, avait commencé Cléo un vendredi soir, en préparant le dîner. Elle avait marqué une pause, ça n'était pas urgent, pour finalement se raviser : elle était un peu fatiguée, voulait se coucher tôt. Cléo n'avait rien dit.

Quelques jours plus tard, assises dans leur restaurant favori à Belleville, Cléo avait répété *je crois qu'il faudrait que je te dise un truc*.

Grave ? Ou très très grave ? avait demandé Lara d'un ton enjoué, sa peur montant d'un coup, à la façon du mercure fou d'un thermomètre : Cléo allait lui révéler qu'elle avait couché avec la danseuse peroxydée.

De retour à l'appartement, Lara s'était assise dans la cuisine face à sa colocataire, anticipant la rupture, ne pas être dans ses bras lorsque cette dernière lui annoncerait que, désolée mais…

Voilà.

Les parents de Cléo n'étaient pas ce que Lara appelait des précaires. Mais ils étaient agrippés à leur vie, à leur travail, comme à une faveur qu'on leur eût accordée. Les conversations à table s'achevaient presque systématiquement sur un *c'est comme ça*. Ils la préparaient à ce que rien ne se produise jamais.

Les samedis après-midi d'hiver, pour Cléo, se résumaient à tourner en rond à la patinoire de Fontenay sur du Kim Wilde, les garçons frimaient en patinant en arrière, les filles les regardaient, des spectatrices travaillant à se faire proies. Les samedis après-midi de printemps, elle et ses copines traînaient dans les boutiques du centre commercial Créteil Soleil, essayant tout et n'achetant rien. Elles chouraient un peu, c'était assez facile.

Seule la danse, le cours de Stan, avait eu ce pouvoir de malmener l'ordinaire d'un quotidien flasque qui se traînait. Là elle pouvait s'inventer.

Un jour de février, à la MJC, elle avait été abordée par une femme. Très chic. De l'âge de sa mère, peut-être un peu moins. La femme que Cléo refusait de nommer l'avait *choisie*. Pourquoi elle ? Parce qu'elle était la plus jeune du cours peut-être.

Elle n'avait eu aucune raison de ne pas croire à l'existence de la fondation Galatée. Pourquoi une fondation Galatée n'aurait-elle pas existé ? Qui attribuait des bourses aux candidates les plus méritantes. Cette femme lui avait *appris* le beau. Elle l'avait emmenée à Paris. Dans de grands restaurants, chez des antiquaires, chez Guerlain, dans des librairies parisiennes, voir des classiques du cinéma. Sa mère l'avait rencontrée, elle aussi avait été impressionnée.

Lara arrêta Cléo : de quoi parlait-elle, d'une première histoire lesbienne ? Avec une femme plus âgée ? Quel âge avait Cléo ?

Cléo était criblée de fragments d'images, elle s'épuisait à les convoquer : l'appartement sentait l'humidité. Une rue à Paris, dans le 16e arrondissement. Les types, ces jurés, n'étaient pas plus de quatre ou cinq, autant que de gamines. Lesquelles ne s'adressaient pas la parole lors de ces *déjeuners*, entre elles rien ne se nouait. Zéro échange. Chacune pour soi. Que la meilleure gagne. Que gagnaient-elles ? Deux trois billets. Il y avait des chambres le long du couloir.

Mais quel âge avais-tu ? redemandait Lara.

Elles étaient assises sur le canapé défoncé du salon, par la fenêtre, la lune large pesait sur la nuit de mai. Cléo jouait avec ses orteils nus, les genoux ramassés contre sa poitrine.

Cléo avait affirmé ne pas avoir de souvenirs d'enfance : elle en possédait tout un tiroir maintenant grand ouvert à Lara, rempli de mots hachés, de mots salis, d'angoisses nocturnes et de honte.

Après *cette fois-là*, elle avait commencé à avoir mal au ventre toutes les nuits. Elle n'avait rien à vomir. Tout était vide, de sens, de mots, elle n'avait pas dit non, elle avait consenti mais à quoi.

Quel âge avais-tu ? redemandait Lara, le mercure en folie dans la gorge.

Cléo secouait la tête, c'était sans importance.

Cléo s'était exécutée. À la façon de ceux dont Lara parlait avec mépris, les employés obéissant au patron. Elle avait contaminé les autres. Au collège, quand on parlait de ce qu'on ferait plus tard, on concluait d'un *faut pas rêver*. Cléo les avait encouragées à rêver. À désirer toutes ces choses dont Cléo était sûre qu'elles avaient constitué le quotidien de Lara : faire un stage dans une école de danse, de tennis, songer à devenir interprète, styliste…

Ces filles n'étaient jamais venues trouver Cléo dans la cour, *après*. C'était comme un pacte qu'elles auraient toutes signé.

Ce qui la hantait c'était de ne pas savoir. Si Cléo avait été la seule pour qui les déjeuners… Ou si au contraire tout s'était déroulé de la même façon pour chacune. Cléo parvenait presque à oublier pour celles-là. Mais pas pour Betty. Pas Betty du tout.

La mère de Betty avait besoin d'argent, Betty parlait d'argent tout le temps. Elle s'était débrouillée pour connaître le lieu du rendez-vous. Cléo n'avait rien fait. Elle avait écouté Betty se vendre. Se vanter de ses médailles. Donner son numéro de téléphone.

Cléo repoussa la main de Lara, elle ne méritait pas d'être consolée.

Quel âge avais-tu, Cléo ? redemanda Lara.

Elles s'étaient couchées en silence, Cléo blottie contre le dos de Lara s'était endormie tout de suite.

La plupart des gens qui la rencontraient pensaient que Cléo était plus jeune que Lara. La première fois qu'elle l'avait vue sourire, Lara avait pensé que Cléo avait de jolies quenottes de petite fille. Maintenant, tout semblait indiquer que Cléo aurait treize ans pour l'éternité, elle se cognait à chacun des angles morts de cette éternité.

Lara se heurtait à une Cléo révélée. Une Cléo en forme de carte à jouer pour adultes, simple valet qui s'était rêvé reine. Face, victime et pile, coupable.

Combien de complices avaient permis que se déroule ce jeu de massacre ? Le prof de danse de la MJC, qui avait vu à plusieurs reprises cette femme venir chercher Cléo sans jamais demander qui elle était, les médecins appelés à son chevet dont aucun n'avait posé ne fût-ce qu'une question qui lui eût permis de parler, les parents de Cléo, jamais surpris des cadeaux qu'elle rapportait à la maison, la serveuse qui officiait lors de ces "déjeuners". Qui d'autre ?

Lara se faisait l'avocate de l'enfant Cléo, elle désirait la combler de douceur et de pardon.

Mais tout de même. Comment avait-elle pu ? Cléo n'ignorait rien de ce qui se déroulerait pour les autres. Elle avait *choisi* d'autres gamines, les avait convaincues. Elle n'avait alerté personne.

Et elle continuait à protéger celle qu'elle appelait "cette femme", arguant naïvement qu'il était possible que cette dernière n'eût rien su de ce qui se déroulait à l'occasion de ces déjeuners.

Lara songeait à tout ce qui faisait de Cléo une danseuse recherchée : sa résistance à la douleur, sa compétitivité, cette capacité à exécuter fidèlement ce qu'on lui demandait. À reproduire des gestes, des sentiments. Cléo exécutante, sous les ordres d'un chorégraphe, d'un réalisateur, d'un chef opérateur. Cléo protégée par un écran de télé, dissimulée derrière un aplat de fond de teint et un sourire retracé au pinceau.

Comme pour les films qu'elles allaient voir, Lara avait décidé : des copines féministes organisaient un groupe de parole hebdomadaire dédié aux victimes de violences sexuelles, elle connaissait une fille qui travaillait sur la prostitution des mineures…

Cléo haussait le ton : je ne veux pas que tu en parles à d'autres, je ne souffre pas de ce qu'on m'a fait, je souffre de ce que je n'ai pas fait, je ne suis victime de rien. Elle claquait la porte, revenait douce et confuse : elle voulait oublier. Non. Elle voulait savoir.

Cléo exsudait la peur, poursuivie par cinq petites lettres : B E T T Y.

Cléo dont toute la France connaissait le sourire et le soutien-gorge strassé, était une fugitive incapable de mesurer la gravité de ce qu'elle avait fait puisqu'elle n'avait pas conscience des actes qu'elle avait elle-même subis. Lara relisait Cléo à l'aune de ce qu'elle venait d'apprendre, elle avait cessé d'être une inconnue, elle gisait là, ouverte en son milieu, offerte à toutes les interprétations. Les mots ébréchaient le flou délicieux de leur relation naissante. Chacun d'entre eux recélait de nouveaux pièges. Lara vantait-elle la confiance qui régnait entre les membres du collectif que Cléo, aussitôt, se fermait : à elle, bien entendu, *maintenant*, Lara ne ferait plus confiance.

Lara s'étonnait-elle d'apprendre que Cléo refusait de baisser son cachet pour un jeune chorégraphe que la danseuse se faisait amère : elle n'était pas assez artiste et trop vendue, c'était ça le message ? Cette souffrance en veille ressurgissait à tout propos, celle d'une ancienne gamine à qui des adultes avaient enseigné la solitude des trahisons.

Un soir de printemps, de retour d'un gala en province, Cléo était venue s'asseoir à la cuisine avec eux. La réunion du collectif s'achevait dans un brouhaha enfumé, le texte qu'ils venaient de rédiger se concluait par : "Laissons tomber le partage du travail pour le partage des bons moments ! On ne demandera pas un aménagement de l'exploitation ou un aménagement de la misère !"

Comme on pousse une enfant intimidée à réciter une poésie devant les invités, Lara encouragea Cléo à témoigner de son quotidien : les répétitions mal ou pas payées, les enregistrements d'émission jusqu'à minuit sans rétribution en heures supplémentaires, les humiliations, la concurrence lors des auditions… Cléo temporisait : lorsqu'on participait à un spectacle, on n'allait pas compter les heures. La cruauté des auditions, oui, bien sûr ; mais tout le monde ne pouvait pas être danseur, c'était l'art de l'excellence.

Lara s'agaçait : il fallait voir plus grand que son cas personnel, plus politique. Un jeune type entra en piste pour ferrailler avec gourmandise devant un public conquis : Cléo n'allait tout de même pas prétendre que c'était un choix, qu'elle aimait travailler pour le divertissement de masse ? Chez Drucker, bordel ! Elle ne pouvait pas ne pas questionner ce à quoi elle participait !

Si. Elle aimait ça, divertir. Et… en quoi danser sur la scène du théâtre de la Ville serait plus respectable que sur un plateau télévisé ? Sur quel critère déterminaient-ils qu'un spectacle était aliénant ? Parce qu'il était regardé par des millions de téléspectateurs ? Malko avait fait de la danse un art populaire. Qu'y avait-il de mal à ça ?

Cléo et les danseurs de plateaux télévisés étaient des "danseurs de proximité". Accessibles. Dans la compagnie de Malko, il y avait une fille asiatique, deux danseurs d'origine arabe, une fille noire, et si Cléo, elle, était athlétique, deux autres danseuses étaient toutes frêles. Peut-être Cléo donnait-elle envie de danser à des gamins qui n'oseraient jamais se présenter à l'Opéra ? Qui avaient pris leur premier cours dans une MJC, comme elle ?

Cléo avait raison, approuva Lara, la télé pouvait diffuser de bons spectacles et pas que des revues de filles à poil comme au réveillon.

C'était quoi le problème des revues ? demanda Cléo en se tournant vers Lara. La nudité ?

Avant même que Lara puisse répondre, une fille riposta : Cléo n'allait pas défendre ce *genre* de danseuses ? Plumes, strings et compagnie ? Les revues, c'était un truc ringard à destination de beaufs frustrés qui venaient se branloter sur des meufs qu'ils ne pouvaient même pas toucher. Ces femmes faisaient du tort au féminisme !

Tous se taisaient, stupéfaits par la tournure que prenait la discussion, et par Cléo qui, d'ordinaire, se tenait en retrait ; debout, les jambes légèrement écartées, elle resserra l'élastique de sa queue de cheval, OK, un spectacle, pour eux, se jugeait donc sur la base de l'origine sociale de ses spectateurs, des "beaufs" ? Bah, ses parents étaient des beaufs. Elle aussi.

Et ce "genre" de danseuses ? Celles du Lido étaient pour la plupart des danseuses classiques ayant trop grandi pour espérer entrer dans une compagnie classique. Au Moulin Rouge, le cancan exigeait qu'on apprenne une technique qui se transmettait depuis le début du XXe siècle. Aucune de ce "genre" de filles ne faisait ce que le collectif appelait un "boulot de merde". Quant au féminisme… Les filles du collectif se déguisaient en hommes pour être prises au sérieux, Cléo elle, se déguisait en femme sur le plateau de Drucker.

Lara, dis quelque chose, le débat déraille, implora un jeune homme tout en tournoyant autour de la table sur la pointe de ses chaussettes, bras en couronne, dans une caricature de danse classique.

T'es fâchée ? demanda une fille à Cléo. Non, pas de problème, elle avait le cuir solide.

Le lendemain matin, Lara s'était réveillée pour trouver sur le répondeur un message de Delphine datant de la veille.

Lara maugréait devant une Cléo en pyjama, qui buvait son thé : Delphine allait les obliger à porter l'uniforme à la mode pseudo-américaine. Mais sans doute Cléo trouverait-elle ça très seyant, elle qui avait fait tout un exposé, la veille, sur le côté subversif des strings endiamantés…

Tu n'aimes pas quand je dis ce que je pense, tu n'aimes pas ce que je pense, tu n'aimes pas la façon dont je parle, souffla la danseuse, comme pour elle-même, une constatation.

Ce que tu aimes c'est me regarder de loin. Hier soir tu m'as regardée de loin.

S'en souvenait-elle, Lara, de ce jour, au café, où elle avait expliqué à Cléo la façon dont le collectif faisait bloc en manif, chacun d'entre eux tenu de garder l'œil sur un autre tout le long du parcours, de s'assurer qu'il était en sécurité ?

Hier, Lara ne l'avait pas défendue.

Lara reçut sa lettre de licenciement le lundi suivant. Delphine n'avait même pas eu le cran de le lui annoncer en face. Elle s'en fichait, elle trouverait autre chose. Cléo, elle, s'apprêtait à rejoindre la troupe de Malko pour une série de galas en province.

Elles s'appelaient tous les jours à défaut de se voir, de courtes conversations anodines ; lorsqu'elle raccrochait, Lara était triste comme une enfant après Noël. Elles se retrouvaient le week-end, Lara se glissait dans le lit de la danseuse comme on replonge dans le sommeil après une mauvaise insomnie, rassérénée par les cuisses de Cléo lui enserrant les hanches, brièvement soulagée de son plaisir intact.

Les termes choisis par Lara pour signifier à Cléo sa décision de rompre semblaient empruntés à l'annonce d'un plan social ; elle avait peur que la danseuse ne s'insurge, il n'en fut rien. C'était amusant, lui fit simplement remarquer Cléo, qu'à leur rencontre, Lara eût été serveuse et Cléo, servie. Elle n'avait rien ajouté, laissant entendre que très vite, entre elles, les rôles s'étaient inversés. Elle lui rendit la clé sans sembler affectée de leur séparation, hocha la tête quand Lara lui dit que c'était aussi un acte politique que de ne pas s'acharner à rester en couple.

Quelque temps après, Lara trouva un petit carré de papier entre les pages d'un livre ; lorsqu'elles étaient amoureuses, Cléo laissait à Lara des mots partout, sur la table de la cuisine, sous l'oreiller, scotchés sur la bouteille de shampoing dans la salle de bains.

De son écriture pointue, Cléo avait écrit : avec toi j'apprends tellement.

Elle revit la danseuse une fois, à l'automne 1999, Cléo avait oublié un pull dans sa chambre, puis elle resta sans nouvelles pendant vingt ans.

*

Lara a conservé dans un cahier tous les petits mots de Cléo, ainsi que cette une du *Parisien* datant de mars 1999, la photo d'une manifestation, avec, en tête, la plus belle banderole du collectif : "Nous ne sommes pas contre les vieux, nous sommes contre ce qui les fait vieillir."

Elle laisse souvent passer des semaines avant de répondre aux mails, une façon de réinstaurer le droit du temps, d'ôter de leur soudaineté autoritaire à ces messages qui surgissent plutôt qu'ils n'arrivent ; celui de cet adrien@superbox.fr dont l'objet est CLÉO commence ainsi : je sais que ma femme et vous avez été très proches…

Cléo bientôt quinquagénaire est mariée avec un Adrien. Si ça ne fait pas mal, c'est qu'on n'a rien dérangé.

6

Cette arrogance des agendas quand on n'en a plus l'usage, qui exhibent le vide de leurs pages. Depuis qu'elle est à la retraite, c'est par pure forme que Claude y note encore : Médecin 14 heures. Lire article *Le Monde*. Acheter tomates-fromage.

Et, inscrite à la date du 19 novembre, chaque année : "Envoyer mail anniversaire à Cléo." Tâche rendue impossible en ce 19 novembre 2019, par la faute d'un écran d'ordinateur qui regimbe à afficher autre chose qu'une inquiétante étendue turquoise.

Lorsqu'elle a appelé son fils à la rescousse, Nico a maugréé que tout le monde n'est pas à la retraite, il ne peut pas quitter son boulot dès que sa mère est prise d'une panique numérique, il passera ce soir.

Nico s'adresse à elle avec la lassitude d'un professeur usé par la médiocrité d'une élève obtuse, il le lui a expliqué mille fois : il ne faut toucher à rien si l'ordinateur bugge. À quel moment un fils se transforme-t-il en père soupçonneux auquel on ment ? Claude a préféré passer sous silence ses tapotements effrénés sur le clavier.

Sans quitter des yeux l'écran, Nico entame la ronde rituelle de ses "tu pourrais" : tu pourrais faire des randonnées entre seniors, tu pourrais apprendre à dessiner, faire de la poterie, de la gym suédoise.

Il dépose régulièrement sur la table de la cuisine de Claude des magazines santé, un album de coloriages antistress, des gélules de millepertuis, souverain contre la dépression et sans accoutumance. Autant d'offrandes à des journées dont il semble craindre qu'elles ne la dévorent. Celle à qui s'adressent ces attentions ne ressemble en rien à Claude. À quel moment un fils perd-il de vue la femme qui a été sa mère pour lui substituer une silhouette de fiction : grand-mère-confitures, vieille dame-caddie, satisfaite de mener une vie ralentie.

Lorsque Claude évoque les années passées à inciser le temps pour en extraire des minutes supplémentaires, son passé d'habilleuse au Diamantelles, Nico s'agace : quarante-cinq ans à faire la bonniche, c'est bien assez, elle peut profiter de son temps.

Bonniche ?

Habilleuse, c'est beaucoup de métiers à la fois, mais pas bonniche : elle a été cette blanchisseuse à qui revenaient les lessives et le repassage, sans oublier de vaporiser chaque jour les soixante strings des danseuses de spray antibactérien. Elle s'est muée en urgentiste capable, en trente secondes, le temps d'un changement de décor, de recoudre l'entrejambe d'un lycra déchiré.

Elle s'est improvisée psychologue, affichant une sérénité factice pour accourir au chevet de ceux et celles qui la hélaient, CLAUUUDE, une demi-heure avant le lever de rideau.

Elle a eu la chance royale de partager sa vie avec tant de personnes au savoir-faire précieux : brodeuses, plumassiers, chausseurs… Sans oublier ses filles, bien sûr.

Son fils l'écoute avec une patience donnant l'impression à Claude qu'elle n'a plus toute sa tête. Sans doute son psy lui a-t-il conseillé de "prendre de la distance avec les symptômes de sa mère".

Claude préfère encore l'agacement du jeune homme lorsqu'il la prend en flagrant délit de répétition, la précipitation avec laquelle il s'écrie : "Ça, maman, tu me l'as déjà dit." Cet empressement inquiet à lui signaler sa faiblesse la bouleverse. Nico est toujours son enfant apeuré, un homme terrorisé par le déclin, la mort à venir de sa maman : *Tu l'as déjà dit.*

Nico éteint et rallume une fois encore l'ordinateur, ça ne fonctionne pas ; de toute façon, Claude n'a pas *vraiment* besoin de ses mails.

Elle pointe du doigt l'agenda, c'est l'anniversaire de Cléo. Elle aurait bien aimé lui envoyer un mail aujourd'hui, tente-t-elle, vaguement honteuse de laisser apparaître la persistance, en elle, d'un quelconque désir, comme une entorse à la sérénité de sa retraite. Le dernier message de Cléo, la semaine dernière, l'inquiète un peu…

Cette douceur avec laquelle son fils s'adresse à elle, cette onctuosité : c'est gentil de sa part. Néanmoins, cette pseudo-amitié à laquelle sa mère tremble de déroger repose sur un sentiment de culpabilité vieux de vingt ans. Combien de temps encore va-t-elle ressasser cette histoire, s'agace Nico. À l'époque, Claude a fait ce que n'importe quelle divorcée avec un enfant aurait fait : elle a cherché à conserver son travail. Alors, Cléo, la passionaria de cabaret, elle peut se les garder, ses reproches.

Cléo ne lui a jamais fait le moindre reproche, bredouille Claude. Justement.

Nico jette un œil à son portable, le temps imparti à sa visite achevé, impatient de clore, la vieillesse de sa mère le met de mauvaise humeur et en retard, Claude n'a qu'à lui écrire une carte de vœux, à sa Cléo. *End of the discussion.*

Claude referme la porte sur son fils. Sur la table du salon, la boîte numérique noire reste placidement muette. À Nico qui ne cesse d'agiter devant elle le mot "retraitée", Claude a lu un jour la définition du Larousse :

> RETRAITE : action de se retirer de la vie active, d'abandonner ses fonctions ; état de quelqu'un qui a cessé ses activités professionnelles : *prendre sa retraite.* Prestation sociale servie à quelqu'un qui a pris sa retraite : *toucher sa retraite.* Éloignement où l'on se tient des préoccupations profanes pendant quelques jours pour se recueillir ; lieu où se déroulent ces exercices. Lieu où quelqu'un se retire pour vivre dans le calme, la solitude, ou pour se cacher : *un appartement qui a servi de retraite à un fugitif.* Marche en arrière d'une armée qui ne peut se maintenir sur ses positions.

Claude, elle, a "marché en arrière".

Dans le miroir, celle qui pleure la fait sourire, vieille jeune femme butée, la mère d'une centaine de "filles", dont celle qui fêtera ses quarante-huit ans aujourd'hui : Cléo.

Ses filles. Ce vacarme lorsqu'elles arrivaient dans leurs loges à 17 heures, s'apostrophant en polonais, en russe, en anglais, seul signe distinctif pour celles qui, sur le tableau de présence, se voyaient toutes désignées d'un anonyme "mademoiselle", qu'elles soient mariées ou pas.

Ses filles. Semblables d'année en année. Celles qui, victimes, une seule et unique fois, d'une bretelle qui avait cédé, s'en inquiétaient chaque soir comme d'un sort qui les menacerait toujours.

Celles qui, démaquillées, semblaient malades, d'une pâleur anémiée. Celles qui grimaçaient quand Claude les aidait à chausser leurs talons, dissimulant une cheville douloureuse, craignant d'être remplacées. Celles sous opiacés, leur regard flottant et leur bouche sèche. Celles aux joues empourprées, un effet secondaire de la cortisone. Celles qui se plaignaient d'une gueule de bois tous les lundis. Celles qui lui offraient une boîte de marrons glacés au Nouvel An dans laquelle elles piochaient durant tout l'essayage. Celles qui égaraient et cherchaient partout, avec un affolement d'enfant, le lainage dont elles ceignaient leurs reins pendant les répétitions, un doudou. Celles qui, en coulisses, conservaient leurs écouteurs sur leurs oreilles jusqu'à la dernière minute, chantonnant un tube sans rapport avec la musique qui émanait de la salle. Celles qui tendaient les bras à Claude pour qu'elle leur enfile le dossard, ce cœur de fer sur lequel étaient fixées les traditionnelles plumes de faisan indigo et or. Celles qui se vantaient d'avoir tout prévu, elles savaient *exactement* à quel âge elles s'arrêteraient. Celles qui s'obsédaient sur un détail, usant d'un mélange savant de fonds de teint pour dissimuler une cicatrice, une tache de naissance, comme Cléo. Celles qui combattaient les deux centimètres de tour de taille pris à la veille de leurs règles à coups de diurétiques. Celles qui palpitaient de savoir un ami dans la salle et tentaient de se distinguer des autres par un détail, un chapeau porté plus bas. Celles qui pimentaient le spectacle de paris faits avec une autre danseuse, cinquante francs qu'elles tireraient la langue aux spectateurs pendant le tableau "Sexy Kitten". Celles dont c'était la dernière représentation, une fin de contrat, lorsqu'on les étreignait, elles levaient les yeux au ciel, l'index posé sous la paupière inférieure pour ne pas brouiller le trait d'eye-liner, leurs larmes se poudraient d'un scintillement rose. Celles qui prenaient des photos des répétitions, pour un ami, un frère hospitalisé, elles ne prononçaient jamais ces lettres, VIH. Celles qui trichaient et buvaient un litre et demi d'eau avant la pesée hebdomadaire, elles avaient perdu trop de poids. Celles à l'odeur de camphre et de menthol, cet onguent appliqué aux tendons enflammés. Celles qui ne répondaient pas à l'appel, que Claude trouvait hébétées, assises en tailleur sur le lino gris des loges, une feuille de papier à la main, le médecin préconisait qu'elles fassent une pause de plusieurs mois. Celles qui se languissaient d'un fiancé laissé à Riga, celles qui venaient de rompre avec un type qui avait exigé qu'elles fassent *autre chose que ça*. Celles qui s'inquiétaient d'un début de cellulite et superposaient deux collants, un chair sous le collant résille. Celles qui ne prenaient qu'un repas par jour depuis dix ans et récitaient avec passion une recette de brownie. Celles, bras en croix devant leurs seins dès qu'elles croisaient un machiniste dans les coulisses. Les nouvelles, mal accoutumées à l'ampleur de leur coiffe, précédées d'un bruissement des plumes froissés contre les murs. Les Françaises, qui bénéficiaient d'un contrat longue durée. Les autres, qui arpentaient l'Europe d'un cabaret à l'autre, des Russes, des Roumaines craignant d'être renvoyées et de perdre leur carte de séjour.

Toutes, qui avaient "toujours rêvé de danser" sur cette scène. Dont les noms n'étaient pas même mentionnés sur les programmes quand n'y manquait aucun de ces chiffres : deux millions de strass, deux cents kilos de plumes d'autruche, cinq kilos de jupons pour la robe du french cancan, quarante-cinq techniciens.

Des filles tenues à un sourire contractuel sur scène, ordonnées en une stricte hiérarchie : en bas de l'échelle les "mannequins nus", puis, les "habillées", parmi celles-là, l'aristocratie des solistes au sein de laquelle brillait la meneuse de revue.

Des filles-oiseaux déployées en un éventail de plumes rouges et or, des rangées de longues cuisses crème que reflétaient deux miroirs inclinés en fond de scène.

Toutes, qui enchaînaient une répétition et deux représentations par soir, à 21 heures et 23 h 30, six jours sur sept et sans treizième mois, jours fériés ou récupérés. Cinquante heures par semaine. Toutes moins rémunérées que les serveurs du restaurant "grand standing" de l'établissement. Seuls Noël, le Jour de l'An et le 1er Mai étaient rétribués d'un double cachet. Toutes vêtues en bleu, blanc, rouge dans le dernier tableau, bustiers lacés et jupons froufroutants sur des bottines pour une évocation de la Révolution française, le grand finale.

Toutes qui, aussitôt sorties de scène, s'extirpaient des costumes qu'elles laissaient amoncelés en tas au sol, abandonnés aux habilleuses.

Regagnant leurs loges, escarpins à la main, reprenant leur respiration, maugréant contre leur voisine qui avait failli les faire tomber, éclatant de rire à l'évocation d'une bévue, affamées ou nauséeuses ou les deux à la fois, certaines l'embrassant avec fougue : OH MA CLAUDE, tu m'as encore sauvé la vie ce soir !

Claude les entendait s'éloigner, qui gémissaient : l'eau des douches était glacée / il n'y avait plus de gel douche / qui avait un tampon ?

Les bras chargés de scintillements endommagés, de satins feutrés, Claude descendait au deuxième sous-sol, où se trouvaient les ateliers. Quatre lampes d'architecte circonscrivaient sa table de couture ; le long des murs, des dressings mobiles s'ordonnaient en dégradés d'urgences, des robes-bustiers carmin, diamantines perlées, voiles en crêpe de Chine, gants noirs et tiares attendant d'être examinés.

Lorsqu'elle avait tout noté, Claude refermait la porte comme elle l'aurait fait d'une chambre d'enfant.

Le patron du Diamantelles avait déclaré à un journaliste venu l'interviewer que les danseuses de son établissement étaient semblables à des formules 1. Si on voulait que la voiture reparte le plus vite possible, il fallait l'entourer d'un personnel adéquat, rompu aux changements de pneus.

Tous avaient appris à l'être, adéquats. Habilleuses, ingénieur lumière, son, machinistes : dès leur arrivée, ils apprenaient la chorégraphie minutieuse des coulisses, qu'aucun incident ou improvisation ne devaient ralentir.

C'est cette ambiance-là qui manque à Claude, maintenant qu'elle est à la retraite. Le défi. Se tenir de biais, invisibles, dans "les loges rapides", ce sas au sein duquel les habilleuses déshabillaient et rhabillaient les danseuses dix fois par spectacle, chronométrées par le régisseur, quarante-cinq secondes avant le prochain tableau. Dix fois quarante-cinq secondes de souffles et de sueur, de chuchotements surexcités couverts par les flonflons d'une musique préenregistrée qui retentissait depuis le plateau. Claude se baissait à hauteur de leur sexe pour les aider à ôter leur string, d'une main elle replaçait un sein dans l'armature d'un soutien-gorge. Elle saupoudrait de talc une aisselle irritée par le tissu à paillettes, tamponnait d'une lingette un front moite, tendait une bouteille d'eau à une fille hors d'haleine ; il semblait à Claude que ces instants lui conféraient une acuité perdue aussitôt le rituel achevé. Elle voyait tout : la couture de guingois d'un collant, l'inclinaison d'un diadème, les boucles défaites d'un postiche, une plume abîmée, une bande de strass défaite à l'aine, la mine tendue d'une danseuse épuisée.

Lorsqu'elle les rencontrait pour la première fois, Claude leur posait la question : qu'est-ce que tu préfères pour les changements ? De dos ou face à moi ?

Elles ouvraient de grands yeux, peu accoutumées à avoir voix au chapitre.

La pudeur de certaines danseuses était tout entière dans ce face-à-face de l'ombre, lorsque Claude était si proche d'elles qu'elle en oubliait leur prénom.

À celles dont l'abdomen se rétractait lorsque Claude frôlait leur entrecuisse, Claude proposait qu'elles restent de dos.

Claude savait tout d'elles. Tout de leurs grands corps haletants, de leurs douleurs, un cor aux pieds, une tendinite, leurs règles, tout de leurs manies : celle-ci rangeait sa bouteille thermos sur le recoin droit d'une étagère, une autre recouvrait sa canette de coca d'aluminium pour en conserver le pétillant, elle en avalait une gorgée entre deux changements. Ces "voitures de course" se soumettaient à son examen, elles quêtaient l'approbation de Claude, son feu vert : elles pouvaient monter sur scène. Vas-y !

Dans l'agenda 1999 de Claude, l'année de leur rencontre, Cléo n'était que chiffres et couleurs : 1 m 73. 59 kilos. 87/60/86. 28 ans. Cheveux roux. Yeux noisette. En dépit de sa taille, moyenne pour une danseuse de revue, la nouvelle était très appréciée par la direction. Cléo apprenait vite et passait sans broncher d'un style à l'autre, apanage des danseurs télé.

Le jour où l'une des solistes, une Australienne, se blessa en répétition, c'est tout naturellement que Cléo fut choisie pour la remplacer au débotté, apprenant les pas à 17 heures pour danser à 20 heures. La semaine suivante, elle fut promue danseuse "swing", un honneur harassant pour celle qui devrait désormais connaître plusieurs numéros afin d'être prête à pallier les éventuelles défections. La "swing" était toujours pour Claude une source de soucis, adapter au dernier moment le costume d'une fille à une autre nécessitait de trouver des "trucs". Les lèvres serrées autour d'épingles, un mètre autour du cou, Claude fouillait dans des boîtes en PVC remplies d'échantillons de tissu et de bobines de fils de toutes les couleurs : l'Australienne avait les bras graciles d'une ballerine, il faudrait vêtir Cléo d'un boléro afin d'escamoter ses triceps et ses deltoïdes.

Il faudrait coiffer Cléo de longues plumes grenat pour faire oublier les six centimètres qui la séparaient de Susanna, une autre blessée.

Lorsque Claude déposait leurs costumes aux danseuses en loge avant le spectacle, elle entendait Cléo dispenser ses "trucs" aux plus jeunes : la meilleure façon de rouler son collant à la taille et de le fixer à l'élastique du string, le film qu'il fallait absolument aller voir et en VO, elle proposait d'aider une autre à recouvrir son dos de fond de teint, laissait son numéro de téléphone à une Russe de vingt ans qui ne connaissait personne à Paris.

Elle avait même offert à Claude en mal de baby-sitter d'aller chercher Nico à l'école à 17 heures : Cléo ressemblait à ces petits canards dodus avides de bien faire, les "Castors Juniors" des *Picsou* de son fils.

Un Castor Junior adorable mais doté d'une repartie aussi inattendue que réjouissante : comme ce jour où, à un technicien lumière qui se plaignait de sa musculature – les éclairages latéraux mettaient en évidence ses quadriceps – Cléo avait rétorqué qu'elle n'avait pas douze ans et que s'il aimait les petites filles, il faudrait voir ailleurs.

Cléo, qui préférait que Claude la déshabille de dos, abordait tout de face : elle n'avait aucunement l'ambition d'être soliste, sa place de "swing" lui plaisait bien. Être le calque des empêchées. Si la télé lui manquait ? Pas vraiment. À force de gros plans, on finissait par devenir un visage connu, qu'on apostrophait dans la rue. Ou plutôt, une paire de fesses célèbres.

Claude l'écoutait virevolter d'un sujet à l'autre pendant les essayages : Claude avait-elle lu, la veille, la critique de leur spectacle dans tel quotidien ? Pas même classé dans la rubrique "Spectacles", mais dans "Divertissements" ! Et pas une ligne sur les danseuses. Rien sur les costumes. "À voir si on aime l'esbroufe" pour tout compliment. À la page "Spectacles", on louait la "cruauté contemporaine" d'un chorégraphe belge. Cléo l'avait vu, ce ballet ; si cruauté il y avait, c'était celle du chorégraphe envers ses danseuses : elles semblaient endurer leur nudité, accroupies sous des spots blêmes accusant leurs moindres défauts. Cléo en avait souffert jusque *là-dedans*, son doigt indiquant la place du cœur. Si elle avait bien compris, il y avait la nudité "novatrice" qu'acclamaient des spectateurs des classes moyennes et celle de la revue, réservée aux ploucs venus en car de leur province. Du simple mépris de classe.

Cléo avait attendu quelques semaines avant de se risquer à des sujets plus intimes : Claude avait-elle un copain, ou peut-être… une copine ? Pour Cléo, ça n'était pas simple d'être lesbienne dans le milieu de la danse, on la soupçonnait de mater les filles dans les douches. Certaines insinuaient que Cléo devait sa place à une coucherie avec la directrice. Ou c'étaient les techniciens qui lui glissaient des remarques salaces sur une danseuse, certains qu'elle apprécierait.

Cléo était célibataire depuis Lara. Lorsqu'elle prononçait ce prénom, le "a" final n'était qu'un soupir, quelque chose d'éteint.

Avant Lara, elle n'avait été qu'un brouillon de fille. Lara se bagarrait, elle rudoyait les certitudes, ce à quoi Cléo n'était pas habituée, à l'époque. Elle avait tout compris mais trop tard. Le mot "rupture" était juste : elle avait vécu un déchirement d'elle-même. Mais personne, et encore moins une fille comme Lara, ne serait restée en couple avec un paillasson.

Lorsque Cléo s'était éclipsée, le malaise de Claude avait perduré, d'avoir été témoin de la férocité avec laquelle Cléo parlait d'elle-même.

Trois mois après son arrivée, Cléo lui fit part de son inquiétude pour Jody, une Anglaise de Leeds. Le tableau dit "Kitten on a Hot Roof", laissait apparaître une silhouette féline qui se balançait à cinq mètres au-dessus du public, avant qu'une pluie de paillettes dorées ne révèle la jeune fille vêtue d'un body tigré pourvu d'une longue queue pelucheuse, les cuisses serrées autour d'un lustre géant. Jody avait demandé à être sécurisée d'un filin dans le dos : elle n'était pas acrobate. La direction avait refusé, estimant qu'elle ne courait aucun danger.

Claude tempérait l'agitation de Cléo : il fallait les croire. Ils n'avaient aucun intérêt à ce que se produise un incident.

Tu déconnes, là, Claude ? C'était pourtant très clair. La direction avait fait le calcul : les lumières à modifier, le costume à adapter, c'était une demi-journée de travail en plus à rémunérer. Trop cher payé pour une danseuse.

Gênée d'être sommée de prendre parti, de douter de la probité de ceux pour lesquels elle s'enorgueillissait de travailler depuis un quart de siècle, Claude avait balbutié que ce soir, elle regarderait attentivement le numéro.

Claude avait noté qu'aux répétitions, depuis quelque temps, la maîtresse de ballet semblait ne rien rater des infimes manquements de Cléo, la reprenant pour un menton trop haut, pour des mains posées trop bas sur les hanches. Le bruit courait qu'on ne renouvellerait pas son contrat. Claude lui avait conseillé d'éviter de se mêler des affaires de la direction.

Cléo, la taille prise d'une corolle de tulle rouge, seins nus et en chaussettes de sport, s'était brusquement retournée : éviter ? Comme dans fermer sa gueule ? C'était ça, le conseil de Claude ? Super. Pas étonnant que, jusqu'en 1995, le syndicat, ici, soit resté clandestin. Elles étaient au moins six danseuses à être d'accord avec elle, pour Jody. Sans compter les techniciens qui mettaient la dernière main à une pétition. Cléo l'avait lue ; elle la ferait circuler bientôt, auprès de Claude aussi, évidemment.

En vingt-cinq ans, Claude avait été témoin de portes claquées, éclats de voix et pleurs. Serveurs "remplacés" ou danseuses "remerciées" : le turn-over de l'établissement était de plus de trente pour cent par an, tumultes avec lesquels Claude prenait ses distances en attendant qu'ils s'étiolent. C'était l'affaire du deuxième étage, d'un patron qui lui offrait des chocolats à Pâques et s'enquérait de Nico. Mais ces grondements allaient grandissant. Cléo n'était pas la seule à s'en faire l'écho. Une "nue" avait punaisé sa feuille de paye dans l'entrée de l'établissement : les garçons, peu nombreux dans le spectacle, étaient mieux payés qu'elle. Un machiniste plateau venait de se voir refuser une prime d'ancienneté. Et Jody continuait de tanguer dans le vide, les branches de fer du chandelier imprimant leur paraphe bordeaux à l'intérieur de ses cuisses. Après chaque représentation, l'Anglaise les enduisait d'une crème apaisante ; dire qu'elle avait le vertige et séchait les balades en montagne, enfant ! raillait-elle.

Cléo, elle, semblait avoir suivi le conseil de Claude : elle se taisait, "swing" exemplaire et protéiforme, almée égyptienne et cancaneuse bleu, blanc, rouge, coiffée d'une aigrette ou d'un haut-de-forme, qui s'arrangeait des chaussures trop serrées et de délais trop courts.

Le 19 novembre 1999, Claude offrit à Cléo pour son anniversaire une liquette de marin semblable à celle des Castors Juniors.

La danseuse la remercia en pouffant, elle quitta l'atelier, puis retoqua à la porte, oups, elle avait failli oublier de laisser ceci : la pétition à signer.

Cette feuille de papier s'insinuait jusque dans les nuits de Claude : la signer serait mettre en péril sa place, elle avait un enfant à charge, un loyer à payer. La signer serait manifester sa solidarité avec "ses filles". La signer ne servirait à rien, Claude n'était qu'un petit rouage de la maison, pas même habilleuse en chef.

Le matin, la fatigue lui brouillait la vue, elle devait s'y reprendre à deux fois pour glisser le fil dans le chas de l'aiguille : peu d'habilleuses travaillaient au-delà de soixante ans, la menace d'une vie dénuée d'urgences, des souffles des danseuses, cette peur l'étourdissait. Claude se rencognait au fond du sommeil, chassant Cléo de son esprit.

Lorsqu'elle rédigeait ses commandes, assise à son bureau, Claude distinguait le coin du texte photocopié, recouvert, au fil des jours, de bordereaux et d'échantillons de tissus.

Cléo passait à l'atelier pour une agrafe récalcitrante, une reprise, elle ne lui demandait rien.

Le réveillon approchait et Claude s'inquiétait du "bug de l'an 2000", les secrétaires ne parlaient que de ça. Cléo était jeune, elle faisait partie de ce nouveau monde d'écrans quand Claude, elle, n'était à l'aise qu'avec ses registres, au moins, ses fiches ne seraient pas avalées par ce monde à venir !

Bras levés, tandis que Claude remplaçait le crochet acéré du corset par un bouton-pression, la danseuse ne répondait pas.

Elle se rhabilla puis, du bout des doigts, extirpa la feuille A4 d'un amas de tissus chatoyants. Elle plia posément la pétition, la glissa dans son sac de sport devant Claude, puis, à la porte :

Détrompe-toi Claude, tu fais tout à fait partie du nouveau monde, et moi non.

Cléo avait vu juste. La fin de ce monde n'avait pas eu lieu au réveillon 2000 mais le lendemain, et les spectateurs n'en avaient rien vu, ces hommes d'affaires japonais, ces couples venus de Hambourg ou de Poitiers. Rien vu des trois danseuses absentes du tableau "Ça c'est Paris", licenciées le matin même, sans préavis. Toutes avaient fait circuler la pétition. Le contrat de Cléo arrivait à terme en janvier, il ne fut pas renouvelé. Elle ne vint pas l'annoncer à Claude. La nouvelle "swing" avait vingt ans, elle se ravissait d'avoir réussi l'audition, se tenant parfaitement immobile lorsque Claude la mesurait, à peine si elle respirait.

En novembre 2000, Claude envoya une carte d'anniversaire à Cléo.

Claude avait songé à ajouter à ses vœux, en PS, un : "Bonne nouvelle, deux techniciens ont obtenu leur prime d'ancienneté" mais s'était finalement abstenue.

En 2002, pour la première fois depuis la création de l'établissement, un petit groupe de danseurs du Lido accueillirent les spectateurs sur le trottoir de l'établissement, derrière une banderole dénonçant leurs conditions de travail.

En 2013, les danseuses du Crazy Horse refusèrent de monter sur scène deux soirs de suite afin de faire entendre leurs revendications.

En 2014, aux quatre-vingts employés de Diamantelles rassemblés dans la salle par une fin d'après-midi d'avril, le directeur présenta un jeune homme avenant et diplômé d'une école de commerce londonienne.

Habillé d'un pantalon de toile rouge sombre et d'un polo ciel, il annonça qu'on n'utiliserait plus le mot "employé", trop condescendant : désormais, ils formeraient une équipe. Ses baskets immaculées semblaient n'avoir jamais foulé de trottoir.

Il était temps que le Diamantelles quitte sa "zone de confort" pour aller vers un spectacle plus "dynamique", comportant plus de tableaux, mais plus courts. Pour celui nommé "Révolution française", par exemple, quinze filles suffiraient, qui danseraient davantage. Des primes étaient prévues pour les numéros plus acrobatiques, le facteur risque serait pris en compte. La tradition ? Elle serait respectée, avec plumes, paillettes et tout le tralala, mais revampée. L'objectif : faire exploser le *sexy level.* Il employa à plusieurs reprises le mot "souplesse" : souplesse des horaires, souplesse des nouveaux modèles de contrats. Les artistes n'étaient pas des fonctionnaires ! À Claude, il offrit un grand cahier à la couverture en cuir dont elle n'osait se servir ni pour y inscrire les commandes ni pour quoi que ce soit d'autre.

L'assistante du jeune homme la reçut un matin dans un petit bureau du deuxième étage. La jeune fille portait un tee-shirt sombre que le déodorant avait blanchi aux aisselles. Claude avait failli lui conseiller un détachant approprié ; au lieu de quoi, elle l'avait écoutée la licencier, hochant la tête à la façon d'un chien pendulaire posé sur la plage arrière d'une voiture. Son laïus achevé, la jeune fille se leva et, pendant quelques instants, elles se firent face sans que ni l'une ni l'autre ne sache ce qu'il convenait de faire ou de dire : fallait-il remercier d'avoir été remerciée, se souhaiter mutuellement bon courage, ou simplement une bonne journée ?

Pour la dernière fois, ce soir-là, Claude s'agenouilla aux pieds de celles qui devaient apprendre le lendemain qu'en raison d'un "changement artistique", leur contrat prendrait fin dans quatre-vingt-dix jours.

La carte de vœux à Cléo, cette année-là, s'était avérée trop petite, Claude lui avait adjoint une demi-feuille A4.

Remerciée. Sans doute à cause de ses mains malades : on lui avait diagnostiqué une polyarthrite. Qu'on ne compte pas sur Claude pour assister à la première du nouveau spectacle !

Cette véhémence dérisoire et tardive quand elle avait fait partie de ceux qui avaient poliment tenu la porte à ce nouveau monde, feignant de ne pas remarquer, au fil des années, ses discrètes avancées. S'indigner en 2014 de l'écho d'un grondement perçu dès 1999.

Sans doute Cléo ne comprit-elle pas le sens de cette deuxième carte expédiée par Claude dès le lendemain, qui ne comportait que deux mots : Pardon, Cléo.

La réponse lui parvint trois mois plus tard, sous forme d'une lettre manuscrite où des ratures enfantines tranchaient avec le contenu, quasi professoral : pour que Claude lui demande pardon, encore eût-il fallu que Cléo se soit plainte. Peut-être était-il préférable d'oublier ? D'ailleurs, Claude avait-elle lu ce roman de Kundera dans lequel Cléo avait trouvé ceci : “Rien ne sera pardonné mais tout sera oublié.” Cléo proposait l’oubli, Claude, elle, le redoutait : pas un jour ne passait sans que Claude ne se heurte à la défaillance de sa mémoire, un mot lui échappait, une paire de clés était égarée…

Les souvenirs les plus anciens, au contraire, lui revenaient avec précision : ces nuits d’été, lorsque le père de Claude la hissait sur le muret du jardin. Ses mains, alors, ouvertes à la pénombre comme dans une eau sombre, jusqu’à sentir glisser entre ses doigts l’échappée d’un lever de lune.

Claude avait fini par opter pour l'e-mail : le papier accusait, révélait par trop le tremblement de sa main raidie. L'ordinateur lissait le temps. Grâce à lui, Cléo continuait à s'adresser à son ancienne habilleuse, pas à cette dame aux doigts déformés. Claude, elle, s'adressait à cette fille brusque et serviable, aux cuisses puissantes, qui lui avait appris qu'elle était lâche.

À quelques arrondissements de distance, Cléo et Claude maintenaient un rythme régulier d'échanges. L'ex-danseuse s'était mariée à… un homme. Elle l'avait annoncé à Claude en ajoutant un *"What The Fuck?!"* au faire-part.

Elle racontait à Claude sa fille adolescente, qui jugeait sévèrement le passage de Cléo au Diamantelles, où les spectacles "reproduisaient des normes patriarcales". Cléo faisait suivre la phrase d'une litanie de points de suspension. Si c'était vrai, Claude et Cléo auraient contribué à blesser des centaines de femmes, sans même s'en douter.

Il avait été question de se revoir à plusieurs reprises, sans que cela se produise.

*

Et aujourd'hui, pour la première fois depuis leur rencontre, Cléo, quarante-huit ans, ne recevra pas sa carte de vœux virtuelle.

Lorsque Claude parvient enfin à se reconnecter le lendemain, tous les messages de sa boîte mail ont été effacés. Elle écrit à Castor Junior ceci : un ordinateur a jugé bon d'effacer leur *Historique*, est-ce que ça n'est pas un merveilleux cadeau d'anniversaire, tout recommencer ?

7

NOM : **si vous ne souhaitez pas répondre à cette question, passez à la suivante.*

PRÉNOM : **si vous ne souhaitez pas répondre à cette question, passez à la suivante.*

Anton fait aller et venir le curseur de l'ordinateur sur la page, indécis.

EN QUOI PENSEZ-VOUS QUE VOTRE TÉMOIGNAGE POURRAIT NOUS AIDER ?

Le curseur oscillant sur la page, l'aiguille d'une balance impuissante à attribuer un poids à la décision d'Anton. Dans sa boîte mail, un mail de sa tante, intitulé "mercredi ?".

*

Jusque très récemment, Anton ne la voyait qu'aux anniversaires, à Noël et à Pâques. Sa tante aux cuisses larges et au teint bistre qu'elle ne rosissait pas de blush, si peu semblable aux autres femmes de la famille, uniformément redessinées, des sourcils aux soutiens-gorges ampliformes que leurs tee-shirts laissaient deviner. Sa tante au vaste corps, présente à chacune des réunions de famille mais absente des conversations les plus anodines. Sa tante, plus enfantine qu'une enfant, dont il avait parfois l'impression qu'elle lui volait son âge. Si Anton était félicité pour ce qu'il accomplissait, sa tante, elle, se signalait par ce qu'elle n'accomplissait pas dans une famille qui portait aux nues la maternité et les apparences : pour elle, ni enfant ni régime ou coiffeur, pas plus que de plan de carrière. Elle avait été vendeuse chez un fleuriste, secrétaire à l'accueil d'un cabinet vétérinaire, s'était inscrite à des cours par correspondance en psycho et sciences sociales. Chaque épisode s'achevant sans qu'on sache qui avait choisi d'y mettre fin, elle ou un employeur lassé de ses absences. Car elle "attrapait tout" : microbes, virus et lumbagos.

Lorsque Anton était enfant, la famille se retrouvait une semaine au mois d'août dans une location au bord d'un lac ; elle s'emparait des clés de la voiture comme des dés d'un jeu et disparaissait pour la journée entière. À l'heure du dîner, elle était de retour : on l'entendait ouvrir le réfrigérateur, couper une tranche de pain, après quoi, déclinant l'invitation de prendre place à la table familiale, elle regagnait sa chambre, une assiette de tartines beurrées à la main. Lorsque Anton se rendait aux toilettes au milieu de la nuit, il la trouvait pelotonnée sur le canapé, qui lisait, une théière à ses pieds. Tandis qu'il s'extrayait lentement de l'enfance, sa tante flottait entre l'adolescence et l'âge mûr.

Sept ans auparavant, elle avait quarante ans, sa tante avait fait renaître l'espoir : elle avait trouvé "quelqu'un" ! Si ce Robin et elle s'y mettaient tout de suite, elle avait encore une petite chance de tomber enceinte. Puis, ne voyant rien venir, la famille avait loué l'abnégation de Robin : rester aux côtés d'une femme qui ne lui donnait pas d'enfant, ne gagnait pas, ou mal, sa vie et ne "s'entretenait" pas, c'était une sacrée preuve d'amour.

Mais Robin repoussait ces éloges : des gosses, il en voyait assez au collège où il était conseiller d'éducation. Et il était fier que sa compagne soit responsable bénévole de l'association Animalêtre-Île-de-France sur Facebook, répondant aux messages à toute heure.

Sa tante : l'accroc voyant sur une robe, la tache qui perdurait. Celle d'une *histoire*. Toutes les familles étaient tissées d'histoires, qu'un chœur de vies perpétuait. Les histoires-sédiments cimentaient le clan plus sûrement que les naissances et les anniversaires, ces évocations du jour où, de la fois où…

Mais la famille d'Anton était tressée d'une *histoire* qu'on n'évoquait pas. Pas parce qu'on l'avait oubliée, mais parce que tous la connaissaient. L'*histoire* était un élément du décor, on savait ne pas s'y cogner. Une *histoire* trouée de silences embarrassés, dont sa tante était l'actrice principale, même si le rôle qu'elle y tenait était flou, presque effacé.

Anton en connaissait le prologue et la conclusion : sa tante, fillette brune au teint de noisette avait modestement commencé la danse classique dans une MJC puis, à l'adolescence, à force de travail, avait remporté deux médailles de bronze dans divers concours. Trente ans plus tard, la famille n'en revenait toujours pas : un matin, l'année de ses dix-huit ans, elle avait annoncé que tout était terminé : la danse et le fiancé quadragénaire en costume invité à chacun des déjeuners dominicaux.

Tous ces efforts, et pour finir comme ça. Le “comme ça” désignait un corps en grève qu’Anton, enfant, observait à la dérobée, tentant d’y déceler les traces de la danseuse qu’elle avait été : cette façon de poser les pieds en ouverture. La finesse des poignets contrastant avec le haut des bras charnus. Cette façon fluide qu’elle avait de se déplacer, un glissement.

Il y avait quelque chose d’obscène à scruter ainsi sa tante, quelque chose de brutal à vouloir attifer d’un tutu blanc ce corps ample en la défaisant des chemisiers à col clair et des jupes courtes qu’elle portait en toute saison. Quelque chose d’une traîtrise, aussi, à imiter les adultes et à, comme eux, faire précéder d’un soupir inquiet le prénom de sa tante. Quand Anton la trouvait si belle. Mais appartenir à une famille était faire allégeance au fonctionnement d’un clan, perpétuer ce qui était.

Jusqu’au 13 octobre 2019.

Le dîner d'anniversaire d'Anton était un événement auquel pas un seul membre de sa famille ne dérogeait. Tous venaient célébrer celui qu'ils surnommaient "le petit prince". On lui ébouriffait les cheveux comme si on n'était toujours pas accoutumé à sa blondeur légère ; sa mère s'était inquiétée qu'il "fonce" en grandissant mais il n'en avait rien été, heureusement ! Chaque anniversaire était l'occasion de raconter cette première fois où ils avaient vu le nourrisson Anton : mais de qui tenait-il ? Certainement pas de ses parents ni de ses oncles, bruns jusqu'aux yeux ! Il semblait à Anton que tous assistaient à sa vie comme on reste aux deux séances d'un film qu'on ne se lasse pas de revoir. Des spectateurs bruyants et aimants réunis, ce soir d'octobre, pour fêter ses quatorze ans.

Les joues cramoisies, sa grand-mère, sa mère, allaient et venaient, glissant dans son assiette un morceau de viande supplémentaire, tiens, bien grillé, comme tu aimes. Anton, lui, racontait. Ce qu'il avait lu, ce qu'il avait vu, ce sur quoi il travaillait au collège : la façon dont la presse avait rendu compte de deux affaires similaires, à dix années d'écart. En 2005, une ancienne joueuse de tennis avait révélé avoir été victime, à l'âge de quatorze ans, d'abus sexuels de la part de son entraîneur quadragénaire, l'affaire n'avait pas fait grand bruit. Aujourd'hui, les médias lui auraient consacré plusieurs pages : comme pour cette actrice trentenaire qui accusait un réalisateur d'emprise et d'abus sexuel, il lui avait offert son premier rôle à l'âge de douze ans ; dans une interview, il invoquait pour excuse la passion qu'elle lui avait inspirée.

Le professeur d'histoire qualifiait le phénomène MeToo de révolution plutôt que d'évolution. Sa sœur, Dafina, raillait l'enthousiasme d'Anton : au secours, son petit frère était féministe !

Leur grand-mère avait hoché la tête puis proposé qu'on passe au dessert et *à autre chose*.

Alors, une voix avait surgi, une voix de pluie, timide et tiède. Sa tante s'était tournée vers lui, une touriste égarée demandant le chemin. Pardon mais…

Comment savoir si une histoire était "MeToo" ? Y avait-il des critères ?

Sa tante s'en remettait à Anton comme à un éminent spécialiste, le col de son chemisier blanc dessinait deux ailes raides sur son pull bleu marine. Elle prononçait "mitou", comme si elle appelait un chaton. La douceur de son visage incliné démentie par sa voix toute droite, sa tante au regard vert d'eau égrenait les questions :

Si le réalisateur affirmait avoir été amoureux de l'actrice, était-ce Mitou quand même ?

S'il avait contribué à sa carrière ? Mitou ?

Qu'en disait-il, le prof ?

Et les jeunes, au collège ?

Tous autour de la table, figés, semblant attendre qu'Anton décide de passer *à autre chose.*

Quelque chose passait, qui menaçait et chacun s'en prémunissait : Robin avait entrelacé ses doigts à ceux de sa tante. Son père se raclait la gorge comme avant un discours. Une cousine s'absorbait dans la contemplation de taches de cire sur la nappe. Un oncle s'était levé pour aller fumer à la fenêtre comme si le repas était terminé.

Avant même qu'Anton ne réponde, les voix, toutes ces voix s'élevèrent, lissant précipitamment le bleu d'un horizon troublé par le passage d'un oiseau à ailettes blanches.

Ces femmes n'avaient aucune pudeur / c'était important la pudeur / là c'était le grand déballage / on confondait tout maintenant / c'était tragique pour les *vraies* victimes / ça commençait à devenir ridicule ces plaintes déposées pour un oui pour un non.

L'orchestre des voix se tut. La pluie avait cessé.

À peine les bougies soufflées, Robin avait regardé sa montre, remercié pour le dîner, on se reverrait à Noël. Il avait salué la tablée d'un geste ; à Anton, il tendit la main. Quand sa tante se pencha vers lui pour l'embrasser, Anton murmura *plus tard.* On en reparlerait plus tard.

Le glaçage du gâteau d'anniversaire, épais et d'un rose agressif, gisait dans l'assiette de sa tante.

Celle-là, elle avait toujours fait sa princesse, rien n'était assez bon pour elle. Et comme ça depuis qu'elle était petite. Et elle n'aurait pas encore grossi ? Quand on songeait à la gamine qu'elle avait été…

La célébration nostalgique de la beauté de sa tante enfant annonçait la fin de la soirée, ces anecdotes qu'Anton connaissait par cœur : elle avait à peine douze ans et les hommes se retournaient sur son passage. Le dimanche soir, lorsque le frigo était vide, elle allait sonner chez le voisin et l'emberlificotait pour obtenir un goûter, elle n'avait pas neuf ans. Un jour où sa mère n'avait pas réglé le centre de danse, elle était allée pleurnicher dans le bureau du directeur et l'avait convaincu de lui offrir un mois de cours gratuits. Elle était gonflée, Betty. Une séductrice. Qui faisait tomber les adultes comme des mouches. Elle savait ce qu'elle voulait, ça…

À onze ans, pour payer ses cours particuliers de danse, elle se levait à 5 h 30 les dimanches, la maraîchère la payait au noir. Elle gardait les bébés des voisins. Ne se plaignait jamais de rien.

Si elle n'avait pas fait n'importe quoi, aujourd'hui, ça serait une autre histoire…

À la porte, sa grand-mère avait serré Anton dans ses bras, elle était fière de lui, ça consolait du reste.

Un arrière-goût de gras de viande mêlé à la menthe du dentifrice dans la bouche, Anton avait dormi d'un sommeil sans repos. Le réveil avait sonné, l'aube se proposait, elle s'emparait d'un fond de ciel derrière les immeubles grisâtres.

À la table du petit-déjeuner, Anton dit à son père qu'il était heureux d'avoir suscité l'intérêt de sa tante. Peut-être lui rendrait-il visite un de ces jours.

Parfois, répondit son père, il l'enviait, elle vivait comme une enfant. Pas de réveille-matin, pas d'impôts, des jobs par-ci par-là. Elle avait toujours fait ce qui lui plaisait sans se soucier des conséquences : comme ce mercredi où elle l'avait planté, lui, son petit frère de huit ans, à la sortie de l'école primaire. Il avait attendu dans le bureau de la concierge. Elle avait rappliqué deux heures plus tard, au bras de son fiancé : désolée, elle n'avait pas vu le temps passer…

Pouvait-on arrêter d'employer le mot "fiancé" ?

En dépit de la forme interrogative de sa phrase, sa sœur, Dafina, ne posait pas une question. La version familiale de l'*histoire* l'écœurait mais maintenant qu'Anton était spécialiste ès féminisme, sans doute serait-il autorisé de la questionner, cette *histoire*. Elle se leva brusquement, posa sa tasse dans l'évier, puis disparut dans sa chambre.

J'ai fâché ta sœur, soupira son père.

Il fallait contextualiser : dans les années 1980, une très jeune fille pouvait tomber amoureuse d'un homme mûr sans qu'on crie au scandale. Marc l'avait beaucoup soutenue. Il l'avait quasiment éduquée, lui achetait des vêtements, des livres… Toutes les jeunes filles n'avaient pas la chance de tomber sur un fiancé instruit, prévenant. Sans l'aide de Marc et cette bourse qu'il l'avait aidée à obtenir, elle n'aurait pas eu les moyens de préparer le concours européen d'Anvers. Il s'était même porté garant lorsque leur mère avait déménagé pour un appartement plus spacieux. Et puis, quand elle était adolescente, ce n'était pas une sainte, ni une tendre, Betty ! Le jour de son audition pour le théâtre de Bordeaux, au moment où elle avait vu la file de danseuses, elle avait pris pour prétexte une envie pressante d'aller aux toilettes ; une fois dans le théâtre, elle avait enfilé justaucorps, collants et pointes et s'était présentée parmi les premières devant le chorégraphe, qui l'avait engagée. Quant à cette façon qu'elle avait eue de tout balancer à la poubelle… Un caprice de princesse.

Anton avait entrouvert la porte de sa grande sœur, assise en tailleur sur son lit, son ordinateur portable sur les genoux.

Tu es fort en calcul mental, Anton ? Quand papa avait huit ans, Betty en avait treize. Le type, une quarantaine. *Fiancé ?* Pas étonnant qu'elle soit cinglée, Betty.

Mais… peut-être Betty était-elle amoureuse de Marc ? avait tenté Anton.

Décidément, on perpétuait la tradition familiale… Parler *de* Betty mais pas *avec* Betty. Exactement ce qu'Anton et elle faisaient en ce moment. Va la voir, avait soufflé Dafina.

Anton s'imaginait sonnant chez sa tante Betty et répondant à ses questions Mitou ; mais il lui faudrait d'abord s'asseoir face à un Robin-barrage aux sourcils froncés. Robin, qui ne quittait pas sa tante du regard lorsqu'ils étaient en famille, en jardinier inquiet de voir sa plante favorite exposée aux coups de vent.

La semaine passée, la prof de français avait donné à commenter un extrait d'un livre de Imre Kertész, *Le Chercheur de traces*. Les élèves renâclaient : on n'y comprenait rien, le narrateur revenait dans une ville pour y chercher des preuves, mais de quoi ?

Anton avait souligné cette phrase :

il avait toujours cherché ce qu'on lui cachait au lieu de saisir le visible.

Il ne fut pas long à retrouver la trace de Betty sur le net : elle était la seule bénévole d'Animalêtre qui habitait Fontenay et avait pour "ami" Robin.

"Coppélia" avait choisi comme avatar la photo d'une ballerine noire en tutu rouge et or, dont Anton apprit qu'elle s'appelait Misty Copeland, la première soliste africaine-américaine de l'American Ballet Theatre.

Betty-Coppélia avait quatre mille amis. Et chacun semblait mériter sa compassion. Elle semait d'émojis les messages de propriétaires désemparés d'avoir égaré leur chien, leur chat : mains jointes en simulacre de prière, pouces levés lorsqu'un animal était retrouvé. On la remerciait profusément, s'émerveillant de sa gentillesse, de son efficacité : merci Coppélia, grâce à toi j'ai retrouvé mon bébé tu veilles sur nos amours toi seule peux comprendre ma peine.

Coppélia dispensait conseils et consolations, trouvait des solutions, cherchait, encourageait.

Coppélia avait liké les pages d'autres bénévoles, de vétérinaires, d'un kinésithérapeute star. Il était impossible, en consultant sa page, de donner un âge à Coppélia. Sa tante aux ailettes amidonnées que tous, à table, avaient fait semblant d'écouter quelques instants comme on supporte les babillages d'une fillette en attendant de la mettre au lit. Sa tante dont on parlait au conditionnel, Betty qui aurait dû, Betty qui aurait pu, si seulement Betty n'avait pas.

La réponse, quoique moyennement enthousiaste, de Robin au mail d'Anton, n'avait pas tardé : s'il consentait à se déplacer jusqu'à Fontenay, ils boiraient un thé ensemble vers 16 heures.

Chez Betty et Robin, depuis la fenêtre de l'appartement, on ne distinguait pas les voies ferrées de la gare RER mais, les jours de grand vent, la voix robotique annonçant retards et accidents de voyageurs résonnait jusqu'au salon ; empruntant la voix suave de la RATP, Robin s'était excusé, il avait des appels à passer.

Son pied gauche gourd sous le poids de son bassin, assis en tailleur sur le canapé depuis près d'une heure, Anton ne bougeait pas, redoutant la sonnerie de son téléphone portable, la rumeur d'une dispute dans la rue, le goutte-à-goutte d'un robinet, n'importe quoi qui aurait perturbé Betty. Sa tante parlait, pas de ce que voulait Anton, mais elle parlait.

Si elle n'avait pas dormi de la nuit, au moins avait-elle réussi à trouver une famille à un chien errant de douze ans ; personne ne voulait les adopter, les chiens âgés. Les gens anticipaient une mort rapide de l'animal, ils redoutaient leur tristesse à venir. Elle et Robin avaient adopté un vieux braque allemand, des années auparavant. Il comprenait la moindre inflexion de laisse lui permettant d'éviter les obstacles en promenade. Les adultes pressaient Betty de l'euthanasier, ça faisait mal de le voir "dans cet état". Les enfants, eux, s'extasiaient de "ses beaux yeux bleus transparents", un regard opaque d'aveugle.

Betty était l'équivalent humain d'un vieux chien boiteux : une femme grosse et quinquagénaire qui ne se teignait pas les cheveux. Anton bredouilla qu'elle n'était pas vieille, pas grosse et… Betty l'interrompit d'un rire : bien sûr que si. Et ça ne lui déplaisait pas. Elle aimait bien ça, vieillir, enfin. Dans la rue, les hommes la croisaient sans la voir. Devenir invisible n'était pas une mort mais, au contraire, une renaissance, une nouvelle enfance. La preuve : même son corps retombait en jeunesse, elle n'avait plus ses règles.

Embarrassé, Anton baissa les yeux. Les pieds nus de Betty sur le carrelage de la cuisine étaient la preuve d'une existence passée, des pieds de danseuse au cou-de-pied prononcé. Ses cheveux lâchés formaient une ponctuation de spirales et de virgules brunes et grises jusqu'au bas du dos. Elle lui souriait. Que voulait-il savoir, sur la danse ? C'était pour le collège ? Anton avait quasiment oublié ce prétexte avancé pour justifier sa venue.

Comme à l'affût des traces de pas d'un animal à abattre, les femmes de la famille guettaient la repousse de leurs cheveux entre deux teintures, elles frissonnaient : "J'ai des racines." Elles se tenaient à l'écart du soleil en été, se couvraient le visage d'écran total, tenant en respect leur taux de mélanine comme on le fait d'un virus.

Par sa seule présence, sa tante aux longues boucles mettait à mal la réinvention blonde à laquelle la mère d'Anton et sa grand-mère se pliaient.

Par sa seule présence, sa tante mettait à mal la réinvention d'une *histoire* qu'Anton s'était promis d'aborder. Mais l'allégeance à une famille était l'acceptation d'un corpus de lois dont on découvrait qu'on les connaissait sans les avoir apprises. Dont on découvrait qu'on les appliquait.

Cette phrase qu'Anton s'était répétée dans le RER, dans l'ascenseur qui menait à l'appartement de Betty et Robin, il ne la prononça pas : j'ai la réponse à tes questions Mitou.

Une fois dehors, il s'était retourné : Betty était là, à la fenêtre, qui agitait la main vers lui, une enfant hardie.

Dans sa chambre, après dîner, Anton parcourut la page de Coppélia. Elle avait posté une nouvelle photo, un chien grisonnant trouvé sur le parking d'une grande surface, une voiture devait l'avoir heurté, sa patte arrière gauche se tordait en dedans. En guise de légende, Betty avait ajouté un seul mot, en majuscules : SAUVETAGE. Sa tante quittait les emplois, les débats, un passé, les dîners. La seule permanence de Betty était virtuelle, la fidélité de Coppélia aux muets. Le cœur d'Anton, brûlant, cognait jusqu'à ses tempes lorsqu'il cliqua sur l'image de la ballerine noire en tutu rouge : Coppélia acceptait-elle d'être son amie ? Se reverraient-ils mercredi prochain ?

Comment as-tu fait pour me retrouver, malgré mon pseudo ? Sa tante, lorsqu'elle lui ouvrit la porte, semblait amusée, ses dents de devant un peu de traviole lui donnaient l'air d'une jolie marmotte aux yeux clairs.

Anton avait apporté des gâteaux et une seule question dont la réponse ne l'intéressait pas vraiment mais au moins réussit-il à la poser : cette bourse, qui avait contribué à l'envol de la carrière de Betty, existait-elle encore ? Avait-elle été attribuée à des danseuses célèbres ?

Robin s'était penché vers lui, déconcerté : pardon ?

La bourse n'avait contribué à rien, elle ne l'avait pas obtenue, avait dit sa tante. Puis, elle s'était tue. Un carillon d'église, des sirènes de police, la rumeur d'un RER et des protestations d'enfants à l'étage du dessus s'entremêlaient en une symphonie urbaine. Robin avait regardé sa montre, alors Anton avait invoqué un devoir urgent à terminer, mortifié d'avoir emprunté le mauvais chemin. Une fois dehors, il s'était retourné : elle était là, à la fenêtre, qui agitait la main vers lui, les manches de son chemisier orange au col crème voletaient autour de ses poignets, un papillon.

Il avait laissé passer deux semaines puis avait proposé de revenir, sans plus s'embarrasser de prétextes.

Les mercredis après-midi, tous trois empruntaient le chemin familial à rebours autour de pâtisseries arrosées de litres de thé.

Sa tante lui contait les récits de l'abandon : elle créait des rencontres entre ceux qu'elle appelait les personnes non humaines et les humains. La tâche de Betty était de mettre fin à l'errance, de dénoncer les maltraitances, de questionner les adoptants, de débusquer leurs contradictions, d'organiser des covoiturages. Comme c'est triste, soupirait Anton. Les histoires qui avaient un début et une fin n'étaient pas tristes, répondait sa tante. À la différence de celles qui stagnaient, dans lesquelles rien n'était clair, nommé.

Sa tante, quant à elle, n'était pas triste du tout. Et savait se montrer acerbe : à Anton qui s'était plaint de la lâcheté, au collège, d'une élève d'origine marocaine qui n'en avait pas défendu une autre, roumaine, en proie à des attaques racistes, elle avait objecté que, blond comme il était, Anton ne risquait pas grand-chose à s'indigner, au contraire de celles qui étaient concernées.

Betty se réjouissait de partir bientôt avec Robin en randonnée dans le Puy-de-Dôme. Marcher sans but et se nourrir de brioches trop sucrées, c'était le plaisir et le privilège des loseuses de compétition qu'elle s'enorgueillissait d'être, sans plan de vie et au RSA.

Lorsqu'elle remportait la partie au yahtzee, sa tante bondissait puis elle se rasseyait, feignant la modestie en prenant une pose évanescente, comme sur cette vieille photo d'elle enfant.

À son retour, son père questionnait Anton : alors, comment allait Betty ?

La moue de sa sœur lorsqu'il avouait ne pas avoir encore trouvé "le bon moment" pour évoquer les questions posées le soir de son anniversaire.

Ce fut elle qui le choisit, le bon moment. Le mercredi suivant, sans préambule, à la porte : elle avait trois choses à lui dire.

La première, elle la lui avait déjà dite mais tenait à le répéter : elle ne devait rien à la bourse Galatée.

La seconde était sur son ordinateur.

Pour la troisième, elle prit la main d'Anton entre les siennes : s'il préférait ne pas savoir, ne pas se retrouver *en porte-à-faux* avec le reste de la famille, elle comprendrait. Et ne lui montrerait pas la page web.

APPEL À TÉMOINS

Entre 1984 et 1994, vous aviez entre 13 et 15 ans. Vous avez été approchée par une femme vous invitant à postuler à la bourse d'une "fondation Galatée".

Après une première sélection, il vous a été suggéré de vous rendre à un déjeuner afin de rencontrer des membres du jury.

Nous aimerions entendre votre histoire. À celles qui le souhaitent, nous proposons de participer à un documentaire consacré à l'affaire Galatée. Un premier rendez-vous aura lieu le dimanche 27 janvier (détails plus bas).

En cliquant sur le lien ci-dessous, vous serez redirigée vers un site qui n'enregistre pas les adresses IP. Vos réponses aux questions resteront donc anonymes. Si vous ne souhaitez pas répondre à une question, passez à la suivante.

Par ailleurs, quels que soient les délais, quelles qu'aient été les circonstances ou les personnes qui pourraient être impliquées, la police encourage toutes celles et ceux qui détiennent des informations concernant la fondation Galatée à témoigner en écrivant à l'adresse e-mail :

temoignagegalatee-ocrteh@interieur.gouv.fr

EN QUOI PENSEZ-VOUS QUE VOTRE TÉMOIGNAGE POURRAIT NOUS AIDER ?

NOM : **si vous ne souhaitez pas répondre à cette question, passez à la suivante.*

PRÉNOM : **si vous ne souhaitez pas répondre à cette question, passez à la suivante.*

Betty lui confia sa prescience du danger lors du premier simulacre de sélection face aux pseudo-jurés, elle avait douze ans et demi ; sa certitude de parvenir à obtenir ce dont elle avait besoin et d'échapper au "reste". La façon dont elle s'était sentie flattée, aussi, que l'un d'entre eux s'intéresse tellement à elle, Marc.

Les préceptes des psys, leur injonction à mettre des mots sur tout, Betty n'en avait rien à faire : à Anton, elle ne dirait jamais de quoi avait été fait ce "reste". Ça aussi, c'était sa liberté.

À force de labyrinthes, Betty avait compris qu'il n'existait que deux chemins : l'oubli ou le pardon.

Pardonner, mais à qui, quand elle avait vu tant de coupables, tellement de complices. Certains froidement zélés, comme Cathy.

La gamine qui la lui avait présentée ne l'était même pas, complice. C'était un animal fou d'angoisse, un animal cherchant l'issue.

Anton n'avait posé aucune question, sauf : Betty allait-elle répondre à l'appel à témoins ?

Sa tante magique et dérangée affectionnait l'éclipse, l'ellipse et les fugues. Robin jeta un œil à sa montre, il était temps qu'Anton rentre chez lui.

Par le hasard et la grâce d'une question Mitou à laquelle Anton n'avait jamais répondu, il lui était offert de défaire l'*histoire*, d'en supprimer les italiques. Il en avait le droit ou le devoir.

Les familles étaient semblables aux clients des grandes surfaces qui entassaient dans leur caddie des jouets chinois et des jeans fabriqués au Pakistan, tout en n'ignorant rien des conditions dans lesquelles ces objets avaient été fabriqués. La famille était le lieu où se conjuguaient savoir et oubli : l'oubli indispensable pour continuer à remplir les caddies.

Chaque famille donnait naissance à une langue unique. Certains mots flottaient, persistants, une brume. *Une histoire compliquée.* D'autres avaient des lourdeurs de nuit. *Passer à autre chose.* Les familles possédaient toutes la recette des mots décolorés : lorsqu'on leur trouvait un éclat brutal, on les plongeait dans un concentré de déni jusqu'à ce qu'il n'en reste qu'un contour, celui d'un *fiancé*.

Betty lui avait parlé mais rien n'avait changé. Anton s'asseyait à sa place d'adolescent à table, il mâchait ce qu'on lui servait jusqu'à ne plus entendre que ce frottement des molaires qui réduisaient la matière en bouillie.

Il remâchait ce qui apparaissait désormais comme une évidence : l'effacement de l'*histoire* était le résultat d'efforts conjoints, d'une solidarité familiale. Et l'inquiétude permanente pour la Betty-sans-futur escamotait la question posée par une Betty passée. Betty que tous avaient encouragée à se lancer à la façon d'un petit cheval mécanique. À devenir l'ambassadrice d'une France prestigieuse de cygnes blancs, un modèle d'intégration via la danse classique ; cela valait bien quelques silences. Betty, le pur-sang d'une famille d'éblouis. D'aveugles. Betty qui avait serré les dents et les poings jusqu'à sa majorité.

Betty à qui on en voulait comme à une publicité mensongère pour un investissement rentable qui se serait révélé médiocre.

Après dîner, Anton demanda à son père et sa sœur de le rejoindre dans sa chambre. Il leur lut l'appel à témoins. Si Betty ne répondait pas, lui le ferait.

S'arroger un passé qui ne lui appartenait pas ? Tout ça parce qu'elle avait, le soir de son anniversaire, montré de l'intérêt pour un sujet d'actualité ?

En quoi pensait-il qu'à son âge, il était en mesure de jauger de l'état de sa tante, avait-il songé aux conséquences sur celle qu'il prétendait "aider" ? Et si le silence de Betty était devenu pour elle un espace choisi, le repli tamisé d'un refuge ?

Il fallait se défier du désir de se mettre en lumière en "aidant". Foutue mauvaise idée que de la diriger sans ménagement, cette lumière, sur celle qui se tenait cloîtrée dans son monde virtuel. Est-ce qu'on ne pouvait enfin lui fiche la paix, à sa sœur, avait murmuré le père d'Anton en refermant d'un geste sec la porte de sa chambre.

Assise à côté d'Anton, Dafina lui prit la main.

*

EN QUOI PENSEZ-VOUS QUE VOTRE TÉMOIGNAGE POURRAIT NOUS AIDER ?

Le curseur oscillant sur la page, l'aiguille d'une balance impuissante à attribuer un poids à la décision d'Anton.

**si vous ne souhaitez pas répondre à cette question, passez à la suivante.*

8

L'affaire de la fondation Galatée (voir nos éditions du 19 et du 20 septembre) rebondit avec ce fichier retrouvé sur l'ordinateur d'un membre supposé du réseau, ancien "juré" de la fondation. Ce fichier contient plus de quatre cents photos de jeunes filles sélectionnées depuis 1984, pour cette bourse fictive.

Au regard de l'ampleur de l'affaire il a été décidé de procéder à un appel à témoins auprès de celles qui auraient été approchées par ladite fondation.

Un numéro vert ainsi qu'une adresse mail : temoignagegalatee-ocrteh@interieur.gouv.fr sont à disposition. L'analyse des clichés enregistrés dans la base de données d'Europol est en cours. Il sera crucial pour la suite de l'enquête d'obtenir les témoignages de victimes aujourd'hui majeures. Deux plaintes déposées en 1990 et 1992 par des parents ont été classées sans suite faute de preuves. Le témoignage d'une victime désignée par l'appellation "0.2" dans le dossier a fait état d'un système de recrutement entre les victimes elles-mêmes, et ce dans plusieurs collèges de la banlieue est parisienne. La peur d'être inquiétées comme rabatteuses a probablement contribué au silence des victimes pour la plupart issues des classes populaires ou de familles dysfonctionnelles.

Parallèlement à l'enquête, un autre appel à témoins a été lancé sur sa page Facebook par la maison de production ELVENID qui s'apprête à réaliser un documentaire sur le sujet.

Libération

Assise en tailleur sur les draps, Cléo inspecte sa nuit comme on se palpe après une chute. Aucune trace, dans ses rêves, de l'article lu la veille, aucune silhouette venue du passé, pas même un décor, le collège Jean-Macé, le RER, la place de la Mairie où la patinoire prenait des allures de marécage dès le printemps, l'odeur stagnante d'herbes poisseuses collées à la pierre grise.

Une nuit lente et vide, indemne de l'année 1984. Sur la table du salon, l'ordinateur la nargue, la gueule plate de l'écran prête à archiver la moindre requête, zélée.

Des familles dysfonctionnelles. Décomposées. Milieux populaires.

Elle n'a aucune excuse sociologique. Aucune excuse d'aucune sorte.

Elle ouvre grand la porte-fenêtre donnant sur la rue pour briser le silence surchauffé de l'appartement. Dans le square d'en face, les parents harnachent leurs enfants comme pour une catastrophe à venir : casque, coudières, genouillères. Ils munissent les adolescents de téléphones qui les tracent, subtilisent les mots de passe de leurs comptes sur internet, s'enorgueillissant de leur vigilance. Cléo songe à l'angle mort, celui où aucun parent n'entendra arriver la petite musique de Cathy. Cléo pense aux indices négligés, aux parfums de désastres annoncés.

Quelque part existe une photo d'une Cléo de treize ans, candidate Galatée, archivée pour l'éternité.

L'ordre exact dans lequel les événements se sont déroulés, les années l'ont dissous. Le passé est un paysage au flou de crachis, dont la cartographie repose entre les pages d'un cahier à la couverture bleue, rangé sous le lit conjugal, avec de vieux numéros de *Elle*.

Une dizaine de pages à peine, remplies de prénoms et de dates soulignées à la règle : Marjorie OK mercredi 12 avril 14 heures. Cendrine OK mercredi 19/26 avril 14 heures

Ses Élues. *Tu as du flair.*

La sécheresse âpre dans sa bouche depuis la veille ; cette torsion des intestins, la pesanteur d'une masse douloureuse jusqu'en bas du dos. Qu'on en finisse, qu'on la juge et la punisse.

Des années durant, elle a changé de trottoir, rebroussé chemin en croyant reconnaître un *juré, quelqu'un de très important pour ton futur.*

Des années durant, cette tenaille dans le larynx, pour une odeur, un mot : *frigide. Opium. Cadeau.*

Des années durant, au moindre regard s'attardant sur elle, dans le métro, le bus, une fête d'anniversaire, les rayons d'un magasin, les réunions de parents d'élèves, être certaine d'avoir été reconnue. *Tu n'étais pas au collège Jean-Macé ?*

Ce monologue épuisant, connu d'elle seule, manège grinçant d'une ferraille de mots sans personne pour y mettre fin, personne pour reprendre le récit à zéro et examiner posément les faits, l'absoudre ou alors la condamner, qu'au moins un point final soit posé à l'*histoire*.

Cette *histoire* est une écharde sur laquelle sa chair s'est recomposée, à force d'années. Un petit coussin de vie rosé, solide et élastique. Ce corps étranger n'en est plus un, il lui appartient, solidement maintenu dans un faisceau de fibres musculaires, à peine effrité par le temps.

Son mari et leur fille lui ont offert la possibilité d'un chemin qu'elle a emprunté avec reconnaissance, un ruban de satin, savante arithmétique de fils de trame et fils de chaîne fondus en un lissé brillant. Cléo y a travaillé sans relâche, au lissé de ce chemin, ôtant au fur et à mesure les minuscules éclats d'écharde. Sans relâche.

Le soleil envahit la pièce, brutalement pâle, aveuglant l'écran de l'ordinateur. Par la fenêtre, le peuplier du jardin de l'immeuble oscille avec lenteur dans un bruissement de papier de soie froissé. On est en novembre mais l'automne hésite à se lancer, la tiédeur humide des matinées flâne jusqu'au soir. Les fleurs sur le balcon s'amollissent, se recroquevillent ; son mari et sa fille la morigènent comme une enfant : elle a dû trop les arroser ou pas assez, avec elle, tout pourrit, les plantes comme les épices périmées au fond du placard de la cuisine.

Ils font bloc dans leur savoir végétal, les mains gantées de caoutchouc rose, taillant, arrachant ; elle balaye le carrelage du balcon après eux, je suis votre petite main, s'amuse-t-elle, votre ouvrière. Tous deux savent tant de choses qu'elle ne parvient pas à retenir : le mois pour planter les dahlias, faire une béchamel sans beurre, le tiroir de la cuisine où se trouvent les ciseaux, le moment où prendre des billets de train pour bénéficier des meilleurs tarifs, le titre du premier tome de *À la recherche du temps perdu*. Cette alliance de Lucie avec son père la touche. Les rôles sont distribués : à son mari, la gloire domestique pour ses soufflés aux noix de

Saint-Jacques et le balcon fleuri ; à elle, une gloire archivée sur le site de l'INA, enregistrée sur des cassettes VHS entreposées dans une boîte à chaussures.

Une "gloire" qu'elle a soigneusement expurgée d'un épisode, à la façon des dictatures gommant la silhouette d'un traître sur la photo officielle.

Sa fille a prononcé pour la première fois le mot "maman" en désignant de l'index l'écran de télévision. La petite réclamait de les regarder encore, ces compilations enregistrées des passages télévisés de Cléo entre 1990 et 1999.

La publicité Évian : deuxième danseuse en partant de la droite, vêtue d'une courte robe trapèze blanche, *maman !* La danseuse rousse aux cheveux coupés au carré, *c'est maman*, tourbillonnant entre les tables d'un café parisien pour Guess. Sur le plateau de l'émission *Stars 90*, en short noir, troisième danseuse en partant de la gauche derrière Mylène Farmer, *maman maman !* Sa fille trépignait dès l'intro de la chanson, elle connaissait le refrain par cœur, *tout est KO, à côté, tous mes idéaux, les mots, abîmés*. Sa fille la reconnaissait systématiquement. Sous une perruque blonde. Grimée en geisha, kimono, cheveux lissés et frange dans les yeux. Sous un masque de super-héroïne, boucles rondes et brunes coiffées du diadème de Wonder Woman. Au sein d'un ensemble d'une vingtaine de danseurs, Lucie pointait son index vers l'écran, *tu es là*.

Cléo se représente son mari et sa fille face à elle : *Il faut que je vous dise quelque chose.*

Arboreront-ils la même expression réprobatrice que lorsqu'ils découvrent un plat moisi oublié par elle dans le fond du frigo ?

Seront-ils, dans l'ordre : stupéfaits, incrédules, dégoûtés ? Ou la plaindront-ils, cette Cléo de treize ans ?

Mais quelle commisération pourrait-on ressentir pour celle qui n'a rien dit, jamais, dans une fidélité exemplaire à Cathy. Cette fidélité de plus de trente ans.

Il faut que je vous dise quelque chose.

Trop facile d'endosser le rôle de la victime.

Laurence OK mercredi 12 avril 14 heures. Nathalie OK mercredi 19/26 avril 14 heures.

Des déjeuners, *du* déjeuner, elle ne dira rien.

les doigts les insectes détends-toi

Leur dégoût. Sa honte.

Elle expliquera sans chercher d'excuses, sans invoquer la moindre *famille dysfonctionnelle*, qu'elle s'est mise à l'abri du mieux qu'elle a pu, qu'elle a fait ce qu'*on* lui a demandé de faire. Demandé ? Ou proposé : *seulement si tu es d'accord Cléo.*

Autoentrepreneuse fiable de treize ans, six mois et trois jours entourée de suppliantes.

La 0.2 de l'article dans *Libération* en est peut-être une, qui n'aura pas oublié Cléo – comment lui serait-il possible d'oublier Cléo ? – qui sera interviewée et désignera la coupable d'une main assurée : *tu es ici, Cléo.*

La Paula du déjeuner, cette "assistante indispensable" de Cathy, est-elle 0.1 ? Ou y a-t-il une Paula d'avant Paula ? Qui a inscrit des prénoms dans un cahier comme Cléo l'a fait. Une figure reproduite à l'infini.

0.1 souche d'un virus ravageur. 0.1 reine triste d'un cheptel d'anonymes. 0.1 première des Élues.

Favorite. Courroie de transmission, victime et coupable, une martyre-bourreau. Des années durant ce monologue.

Tu es là. Pas vrai, maman ?

*

En primaire, à la question "profession de la mère", sa fille se réjouissait de répondre : "danseuse". Ce demi-mensonge (Cléo avait arrêté quand Lucie avait quatre ans) lui avait permis de se constituer une cour : du CE2 jusqu'à la sixième, régulièrement, quelques élèves avaient droit à la visite de l'appartement transformé en musée. Avec l'assurance blasée d'un guide, Lucie ouvrait grand le placard de sa mère : là, des lycras, ici une sudisette, cette combinaison plastifiée pour se chauffer les muscles. Elle tenait à bout de bras des robes conservées dans des housses grises ; celle-ci, brodée de perles, avait été offerte à Cléo par la production après le tournage d'un clip de Niagara. Sa fille escamotait le nom des chanteurs dès lors qu'ils ne lui paraissaient plus assez célèbres : exit Paula Abdul, exit Ace of Base. Sa fille maîtrisait le récit d'une carrière où n'apparaissaient jamais les auditions prestigieuses ratées (Angelin Preljocaj ne l'avait pas retenue, elle manquait de technique classique, le manager de Prince l'avait trouvée trop "quelconque" pour danser derrière le chanteur en concert). Lucie insistait sur les heures de répétition nécessaires aux trois minutes de prestation auxquelles Michel Drucker mettait fin par un : *Les danseuses vont maintenant quitter le plateau.*

Une gamine s'était un jour ébahie de trouver dans le press-book de Cléo le programme du Diamantelles datant de 1999. Le regard incrédule des petites filles : comme à la télé le soir du réveillon ?

Cléo leur servait un verre de jus de fruit, c'était l'heure du goûter ; elle répondait aux questions, danser dans un cabaret, c'était être capable de passer d'une valse à un enchaînement de modern jazz. Et on n'était pas vraiment nues. Même si, à ses yeux, la nudité n'avait rien de honteux.

À peine ses amies parties, Lucie s'était précipitée dans sa chambre en larmes, telle une commissaire d'exposition qui viendrait de découvrir que son tableau favori est un faux.

Cléo avait été invitée par l'institutrice de Lucie : on n'avait pas souvent l'occasion d'entendre le parcours d'une maman danseuse. *À quel âge avez-vous commencé ?*

À quel âge, la découverte qu'être regardée, c'était s'extirper du déroulement du temps, accélérer et gagner le large, enfin ? À quel âge s'était-il fait impérieux ce besoin d'être *repérée* ?

À quel âge avez-vous commencé ?

Elle avait dû, surtout, recommencer.

À quatorze ans, *après*, une nouvelle Cléo, élève d'un nouveau collège, avait intégré un nouveau cours de danse parisien, loin de la MJC. Elle avait *quand même* eu de la chance. Désormais, elle serait exemplaire. Désormais, elle travaillerait le geste à la façon d'un artisan et servirait la danse, loin des honneurs, titres ou récompenses.

Elle avait, au grand dam de ses parents, décliné la proposition de participer à un reportage télévisé de FR3 sur le parcours de trois apprenties danseuses. Renoncé à la proposition de danser en solo lors du spectacle de fin d'année, prétextant un tendon douloureux. Rien de tout cela ne lui coûtait, au contraire. Chacun de ces renoncements la purifiait, le vide la tranquillisait, à la façon de l'eau bue au réveil, ce chemin glacé du liquide dans l'œsophage.

Le monologue intérieur s'était atténué jusqu'à ne plus émettre que de faibles clignotements, comme une ampoule fatiguée. Le temps de croire qu'il serait possible de *recommencer*, Cléo avait effleuré la banalité d'une adolescence de lycéenne. Une parenthèse de chamailleries délicieuses avec Yonasz – comment Cléo pouvait-elle prétendre que Jean-Jacques Goldman était un poète ? –, une parenthèse éclairée de bougies, le soir du shabbat, à la table de Serge et Danuta, où les mots avaient des horizons de paysage, les nuances d'un poème : *à défaut du pardon, laisse venir l'oubli.*

La mère de Cléo affirmait que les "gens comme il faut" se démarquaient par leurs dents parfaitement alignées et les tickets de caisse qu'ils ne conservaient pas. Elle se trompait : c'était par leur désintérêt rapide vis-à-vis de ce qui ne leur servait plus. Ce grand tiroir dans lequel Yonasz balançait les chansons, les tee-shirts qu'il n'aimait plus et elle-même, qui avaient eu en commun de ne plus revêtir aucun intérêt.

Il l'avait aimée, acquiesçant à tout. Et l'avait congédiée dès lors qu'elle avait exprimé un désaccord avec lui. Elle avait à peine seize ans. Le lycée, ses couloirs et sa cour rectangulaire s'étaient mués en piège, il y régnait une odeur suffocante : une élève de sa classe avait trouvé un petit *quelque chose* à son sujet. C'était peut-être un hasard. Ou alors : la fille *savait.*

une pute qui suce des vieux

Comment avait-elle pu s'imaginer qu'il en serait autrement ? Que ça serait si facile ? Comme si un coup de fil hebdomadaire à ses grands-parents, rendre visite à une camarade de classe souffrante et rendre ses dissertations à temps avaient pu suffire. *(Ricanement du monologue intérieur.)*

Il fallait payer encore. Le compte Galatée n'était pas soldé.

Le quotidien sans Yonasz avait été une béance dans laquelle Cléo s'était échouée. Le monologue intérieur triomphait, résonnant à nouveau dans chacune de ses vertèbres sans que Cléo parvienne à en atténuer les échos : rien, aucune offrande, n'y suffirait jamais.

Le passé était irréversible. Aucun pardon ne pourrait défaire ce qui avait été.

Elle avait dix-neuf ans. Les auditions se succédaient : Cléo était trop grande, trop petite, des cuisses trop musclées, pas assez de poitrine, trop de poitrine, pas assez de technique classique. Ces échecs la rassérénaient, il fallait payer encore.

Ses parents s'inquiétaient, craignant qu'elle ne parvienne jamais à gagner sa vie. Cléo savait, elle, qu'elle

avait su y faire pour être rémunérée

Le samedi soir, sa mère disposait sur la table basse du salon des bols remplis de cacahuètes et de Tuc, du tarama rose celluloïd et une part de brie. Le générique de *Champs-Élysées* s'annonçait : serrés sur le canapé, des miettes de pain sous les fesses, sa mère désignait une danseuse sur l'écran : celle-là, elle faisait partie des ballets de Malko mais dansait moins bien que Cléo. Il ne fallait pas perdre espoir. Le cœur étreint par l'amour et la peine, Cléo levait les yeux au ciel, n'importe quoi, serrée contre sa mère qui *ne savait pas*, son père qui *ne savait pas.*

Il commentait les prestations des chanteurs, poussant Cléo du coude, tiens ton chéri, Goldman, *Aurais-je été meilleur ou pire que ces gens*, tancé d'un CHUT énergique de sa femme, le téléphone sonnait auquel on ne répondait pas, sa mère tressait les cheveux de Cléo d'une main distraite, une Cléo-enfant, éperdument désireuse d'être bordée, protégée, et dépourvue de tout plan B.

Le plan A s'était enfin matérialisé, une annonce sibylline punaisée dans un centre de danse : "Pour promos télé et tournage d'un clip, cherchons danseuses, technique modern jazz entre 1 m 60 et 1 m 70."

Trois personnes chuchotantes assises dans l'ombre du théâtre Mogador vide l'avaient désignée, extirpée des rangées de filles : *toi, dossard 51. Un peu grande mais énergique. Laisse ta photo.*

Elle n'en avait pas. Comment imaginait-elle travailler sans photo ? Elle se croyait inoubliable, ou quoi ?

Cléo était restée assise sur l'herbe d'un square près de la gare de l'Est jusqu'à ce que le gardien lui enjoigne de rejoindre la sortie ; la terre, d'un gris sablonneux et craquelé, était jonchée de capsules de bière et de crottes de chien séchées.

Le soir, elle avait pris rendez-vous avec le photographe recommandé, avait annulé, puis avait rappelé. Avant de toquer à la porte du studio, elle avait avalé le quart d'un cachet de Lexomil subtilisé dans le tiroir de la table de nuit de son père.

Ensuite, il avait fallu choisir dix photos sur la planche-contact, elle s'en était remise au photographe. Cette fille assurée, rouée, cambrée qui *avait du flair* lui coupait le souffle, la répugnait, si laide. *Malade.*

Cléo avait été engagée pour la promotion du nouveau single de Mylène Farmer : *Génération désenchantée.* Elle serait placée au fond à gauche, pour ne pas dépasser la chanteuse.

Elle avait eu envie de l'annoncer d'abord à Yonasz, de l'entendre pouffer : la variét' qu'il méprisait venait de la consacrer, désormais, elle était "pro".

À table, ses parents ne parlaient que de ça. Des costumes. De Mylène. Du réveil à mettre à 5 heures pour une émission matinale. De la couverture de *Télé 7 Jours*, la chanteuse entourée de ses danseurs.

Le chorégraphe avait confié à Cléo un petit "truc" : lors des télés, qu'elle imagine, derrière la caméra, un public composé de ceux qui lui étaient chers, pour qui elle avait envie de danser.

Yonasz et Serge étaient au cœur de ce public imaginaire dont Cléo devait sans cesse chasser la silhouette de Cathy.

La silhouette ramassée de Malko, ce torse compact sous la veste de survêtement qui s'entrouvrait lorsqu'il montrait un port de bras, avait eu ce pouvoir-là, de faire taire, ou presque, le monologue intérieur de Cléo. De le réduire à un chuchotis.

Il était plus petit qu'il en avait l'air à la télé, avait-elle dit à sa mère au téléphone. L'ambiance du stage, à Bordeaux, était exécrable : une bataille incessante pour attirer l'attention d'un chorégraphe star et être engagé dans sa compagnie. Ils étaient plus de cinquante à s'entasser dans la salle au miroir couvert d'une buée poisseuse de sueur, c'est à peine s'ils s'adressaient la parole dans les vestiaires.

Et le soir, qu'est-ce que tu fais, tu te promènes ? demandait son père.

Le soir, elle gisait immobile sur son lit. Un circuit vidé d'électricité, où clignotaient des douleurs qui pulsaient. Les courbatures, elle connaissait. Mais pas les tressautements involontaires des muscles des cuisses, ni le creux de l'abdomen noué comme dans une crampe qui ne céderait pas, ni les bleus sur les genoux, comme si elle s'était jetée contre du béton.

Malko exigeait qu'on s'élance au sol comme si c'était "un ennemi à abattre, un amoureux à reconquérir". Cléo enfilait deux collants de laine sous son survêtement en manière de protection.

Refais refais refais.

Tous avaient la nausée en sortant des cours. Tous racontaient ce moment où, à force, ils ne savaient plus ce que leur corps exécutait et où ils "refaisaient" contre l'avis d'un cœur qui tonnait.

Au troisième jour du stage, Malko avait hurlé STOP, mis le CD sur pause, avant de pointer Cléo du doigt : toi, au fond, avec les cheveux longs, viens ici. *Tu te crois sur une plage ? Grouille-toi ! Refais.*

Sans musique, devant tout le monde, Cléo s'était lancée. *Step step* ET *tilt* ET : le néant. Rien. Cléo ne se souvenait plus des pas, elle avait improvisé, puis s'était arrêtée, la frange collée au front, la gorge parcheminée par la soif.

Ben voyons. Pourquoi s'emmerder à apprendre ma choré ? Fais ton truc, il est tellement mieux !

Cléo dut admettre que, pardon, elle avait oublié une ou deux transitions.

Il la tint par les épaules, l'exposant aux autres : voilà ce qu'il voulait. Une fille ni très belle ni très bonne techniquement. Qui avait le cran de continuer coûte que coûte si elle oubliait. Le putain de cran d'improviser. De faire comme si.

Il ne lui avait demandé son prénom que le dernier jour : *Tu bosses bien, Cléo.*

Quatre mots à la façon d'un finale d'orchestre, une joie de cordes triomphales, l'air lui semblait élastique sous ses pieds : elle bossait bien ! L'adoubement de Malko atténuait la douleur tenace derrière sa cuisse, une élongation qu'elle avait soignée d'un antidouleur le matin, une application de glace au coucher. Cela valait la peine. Elle bossait bien. Le monologue intérieur en recul, en sourdine.

Prise à l'essai dans la compagnie. Tous les jours de 11 heures à 19 heures, Malko l'observait, sourcils froncés, mouais : il fallait soulever le capot. Il plongeait à l'intérieur de Cléo, une opération à ventre ouvert, le grand nettoyage. Ce qu'elle croyait savoir : on jetait. Et c'était inutile d'arborer cette mine tragique. Que s'imaginait-elle, Cléo ? Que les gens éreintés d'avoir travaillé toute la journée avaient envie de voir sur scène une petite chose qui s'excusait d'exister ? Ils allaient dépenser de l'argent pour elle ! Qu'elle respecte leur argent ! Personne n'en avait rien à faire de ses doutes, de ses peurs ! Qu'elle se les garde pour sa retraite, ça l'occuperait.

Ce soulagement de Cléo de lui abandonner le monologue, ce désir, cet espoir qu'il l'en guérisse.

Malko lui enseignait l'instabilité, le "presque tomber". Il distribuait l'espace à la façon d'un jeu de hasard. À peine un mouvement était-il esquissé qu'un autre l'interrompait, Malko superposait les pirouettes aux grands jetés. On soufflait : je ne peux pas, pas à cette vitesse. Il décortiquait lentement la mécanique du geste : tu peux. On pouvait.

Peut-être étaient-ce l'effet de ces arrêts nets en pleine accélération, ce sens de la syncope de Malko.

Une danseuse dont la sœur étudiait les neurosciences affirmait que leur exaltation, leurs insomnies, aussi, étaient chimiques, la conséquence d'hémisphères cérébraux satisfaisant des demandes contraires. Leur jouissance d'y parvenir les survoltait. Ils étaient dopés à l'adrénaline.

Sa mère était venue assister à une répétition. À la sortie, les larmes aux yeux : comment Cléo pouvait-elle supporter ça ? Quel besoin de hurler de la sorte ! Traiter sa fille de grosse vache !

Cléo s'adonnait à ce tumulte avec passion. Malko les dressait à travailler en résistance, même à lui. Ni très belle ni très bonne techniquement mais du cran.

Rien n'était jamais acquis : on était la favorite trois jours durant, le quatrième, pour une seule erreur, on était reléguée en fond de salle.

Il la réécrivait.

Cléo était grande ? Il exigeait qu'elle acquière la rapidité d'une petite. Cléo était souple et longiligne ? Il la voulait puissante, bondissante, lui enjoignant de soulever des danseurs de quatre-vingts kilos. Lorsqu'elle sortait de sa douche, devant le miroir, elle reconnaissait çà et là des traces de celle qu'elle avait été : un cou trop gracile, des avant-bras fluets. Ses biceps saillaient, son ventre faisait la joie de son frère lorsqu'elle soulevait son pull : on aurait dit Robocop !

Malko le lui annonça à la fin d'une répétition : terminée la douceur des fiançailles, il était temps de passer aux noces, jusqu'à ce qu'une tendinite les sépare, Cléo faisait maintenant partie de la compagnie. Elle avait vingt et un ans, elle serait la plus jeune parmi ceux que la France du samedi soir appelait "les danseurs de Malko".

Ils arrivaient ensemble à l'heure du déjeuner au Studio Gabriel, repartaient ensemble peu après minuit. Quinze danseurs fabriqués main sur lesquels il veillait : Malko passait dans chacune des loges, s'assurant qu'ils avaient à leur disposition suffisamment de bouteilles d'eau, de thé, de tisanes, de fruits frais et secs, de chocolat noir, de chauffage mais pas à plus de vingt degrés, de serviettes propres, d'huiles de massage.

Il allait et venait sur le plateau, passait entre les techniciens, les câbles, exigeait une lumière plus chaude, demandant à vérifier le cadrage, furieux s'il découvrait un plan serré sur les fesses ou les seins d'une danseuse.

On n'est pas chez le boucher tu ne me les découpes pas en morceaux.

Le chef opérateur protestait, c'était son émission, quand même, Malko vociférait, menaçait, qu'on appelle le réalisateur, le producteur. Immédiatement. Sinon, il s'en irait. Avec elles.

Il guettait les regards appuyés des chanteurs, les éconduisait lorsqu'ils cherchaient les loges des danseuses. Il s'inquiétait d'un sol en verre, elles déraperaient, passait sa nuit à découper de minuscules morceaux de feutrine à coller sur la pointe d'un talon haut. Il s'inquiétait des heures passées à reprendre l'enchaînement sous la chaleur des projecteurs, leur versait à boire avant qu'elles n'aient soif.

Lorsque à 20 h 30 Drucker annonçait : *Et maintenant veuillez applaudir les danseurs*, Cléo l'apercevait en coulisses, qui murmurait chacun des pas, ses mains jointes.

Il n'était pas rare que, dans le métro, des adolescentes assises en face de Cléo chuchotent à leur mère qu'elle était "la rousse" de chez Drucker. La rousse aux cheveux relevés en queue de cheval haute, dont le prénom et la photo figuraient dans le programme du spectacle : les Ballets de Malko en live. Le public les acclamait, à Lille, à Toulouse, insatiable de corps rapides. Un public qui la connaissait, la reconnaissait : lorsqu'elle entrait sur scène, Cléo était accueillie par des cris de joie, des sifflets. Vêtue d'un smoking et chaussée de hauts talons, elle pressait ses hanches contre celles de sa partenaire, enserrait de ses cuisses le bassin d'un danseur. Danser le sexe était arithmétique, chaque geste compté, *cambré 7 tour 8 ET.*

Elle avait vingt-trois ans, elle avait vingt-cinq ans, le sexe était arithmétique, elle n'en faisait pas grand cas ; un technicien de plateau trois mois durant, le régisseur d'un concert de Jeff Buckley une nuit, le frère d'une danseuse de temps à autre. Elle n'était pas *frigide.* Mais l'émotion résidait ailleurs, une émotion écrasante de douceur et de désir, celui que la moindre nuque de fille faisait naître en elle. Il faudrait attendre, pour aimer les filles, que la honte la quitte, celle de les avoir trahies.

Elle avait vingt-sept ans lors de sa rencontre avec Lara. Il aurait fallu pouvoir arriver neuve devant un aussi bel amour. Il aurait fallu pouvoir se préparer à l'accueillir. Elle n'en avait pas eu le temps et Lara ne l'avait pas pris.

Tout le temps de leur amour, sa mère avait persisté à appeler Lara "ta colocataire".

Cléo avait vingt-huit ans en 1999 et les maisons de production commençaient à préférer aux danseurs les *"movers"*. Ceux qui "bougeaient bien" étaient repérés en boîtes de nuit, ils se montraient peu regardants sur le montant des cachets, se satisfaisant d'être rémunérés en célébrité : ils avaient participé à *Big Brother*, attendaient avec impatience le casting de *Loft Story*, équilibraient avec méthode les sommes gagnées et celles investies en aménagements de leur outil de travail, prothèses mammaires, implants pectoraux, dermabrasion et rhinoplastie.

Les émissions auxquelles les danseurs de Malko participaient encore célébraient la nostalgie des années 1990. Mais leur succès perdurait sur scène : tous les samedis, les danseurs prenaient le train pour Petit Quevilly, Ambert, Soustons. Une retraitée bénévole les accueillait avec enthousiasme à la gare, les cheveux laqués comme pour un mariage. Ils s'entassaient dans le mini-bus de la mairie ; sur le chemin, la retraitée pointait du doigt une église, un chemin de randonnée, il leur faudrait revenir dans le coin pour les vacances. Une affichette A3 scotchée sur la porte de la salle les annonçait : "Ce soir EXCEPTIONNEL ! BALLETS MALKO (*Champs-Élysées*, *Lahaie d'honneur*, etc.)"

On leur indiquait leurs loges : deux petites pièces encombrées de chaises en plastique rangées contre le mur. Ils se maquillaient, vérifiaient leur coiffure dans un miroir de poche ; l'adjointe au maire avait préparé à leur intention des assiettes de saucisson et des pâtés qui répandaient dans la pièce une odeur grasse de sang et de sel.

Les danseurs s'arrangeaient d'un sol au lino bosselé, de deux projecteurs latéraux et de haut-parleurs aux graves saturées. De douches trop froides. Et de l'absence de Malko.

Après, des gamines s'attardaient auprès des danseurs, guettant l'invite. Elles tendaient leur fin poignet à Cléo : à la saignée du bras, qu'elle signe ici. Elles lui laissaient des papiers pliés en quatre, un secret ardent, c'est toi que j'ai toujours préférée à la télé, leur numéro de téléphone orné de cœurs, si jamais elle revenait un jour. Leur confiance spontanée, tant de douceur à exploiter, laissaient dans la bouche de Cléo un arrière-goût de peur.

Les auditions se faisaient rares. Les chorégraphes parcouraient son CV : désolé, ils recherchaient des filles plus "contemporaines". Elle insistait, je peux tout faire. Tu sais comment c'est Cléo, s'entendait-elle répondre, t'es un peu trop marquée sexy 90s. Malko. On est passés à autre chose.

C'était provisoire, histoire de rassembler quelques cachets : tous les vendredis soir de 23 heures à 4 heures du matin, Cléo enfilait un bikini blanc et, juchée sur le podium des Folies-Pigalle, elle ondulait sur place, bras en l'air, déhanché droite, gauche, une pirouette, rien de technique.

Les fêtards la connaissaient sous le prénom de Natacha. Dans les coulisses, les filles conseillaient à Cléo d'éviter de dire à ses éventuels petits amis qu'elle était gogo danseuse. Les hommes quand ils entendaient ça ils s'imaginaient des trucs.

À peine sorties des Folies, certaines se hâtaient en direction du boulevard Rochechouart : des peep-shows tous les dix mètres, trente francs le strip de cinq minutes : si on s'organisait bien, ça faisait des soirées convenables.

Cléo en remplaçait parfois une, crevée, ou telle autre, qui avait ses règles. Elle s'acquittait de sa tâche avec sérieux : ces hommes, derrière les vitres, étaient un public comme un autre qu'il ne fallait pas décevoir.

À ceux qui l'abordaient lors de fêtes d'anniversaire, dans des cafés – voudrait-elle qu'on se revoie ? – elle ne cachait pas sa précarité : elle avait peu de temps à leur consacrer et pas d'argent. Les hommes l'invitaient à déjeuner, à dîner, lui payaient le taxi, une carte de cours de danse. Il n'y avait pas de quoi en faire toute une histoire et pas d'amour.

Lara avait confisqué ce mot du paysage des émotions. Cléo attendait de reprendre son souffle interrompu. La mère de Cléo s'enquérait de savoir si Cléo avait "quelqu'un", bientôt ce serait trop tard pour un bébé.

À l'automne 1999, une audition pour la revue prestigieuse du cabaret Diamantelles rassembla deux cents danseuses entre 1 m 76 et 1 m 80, accourues de Munich, de Barcelone ou de Nice.

En dépit de son 1 m 73, elle fut embauchée comme remplaçante. Dans le contrat, il était stipulé que le sourire, sur scène, comme les faux cils, fournis par l'établissement, étaient obligatoires.

En moins de deux semaines, ce décor lui devint un cocon : l'escalier blanc serti de guirlandes de glycine en plastique, le cramoisi des tentures, le marbre et le stuc des dorures, de l'or à n'en plus pouvoir, depuis le bord des verres à champagne jusqu'à la poudre de paillettes que Cléo étalait sur son arcade sourcilière. La meneuse de revue avait montré à Cléo comment se métamorphoser en fille-Diamantelle : cet ordre rigoureux des produits à utiliser, des couleurs.

Avant d'entrer en scène, Cléo demandait qu'une danseuse vérifie, là, sa cuisse : la tache de naissance, sûr, on ne la voyait pas ?

On avait attribué une habilleuse à Cléo. Une dame vêtue d'un camaïeu de bruns prudents du nom de Claude, qui avait suggéré à Cléo de rester de dos tandis qu'elle la déshabillait et la rhabillait : ce serait plus "confortable".

La mère de Cléo, au téléphone, s'était agacée de leur proximité : elle n'avait que ce prénom à la bouche, Claude semblait être devenue sa seconde maman !

Cléo avait bien failli tout *raconter* à "sa seconde maman". Mais le souvenir du regard de Lara quand elle avait *su* l'avait arrêtée.

Lara aurait été stupéfaite de voir Cléo rejoindre un petit groupe de machinistes et de danseuses inquiets pour la sécurité de l'une d'entre elles. De lire la pétition qu'ils avaient rédigée ensemble. Lara aurait compris la peine rageuse de Cléo lorsque Claude, sa "seconde maman", l'avait abandonnée : elle n'avait pas signé la pétition.

Près de deux ans après leur rupture, Cléo continuait à passer au prisme de Lara ce qui la peinait ou la réjouissait : sa “colocataire” se serait-elle montrée condescendante ou les aurait-elle portées aux nues, ces danseuses du Crazy Horse qui avaient fait la grève du sourire pour obtenir une augmentation de leurs salaires ?

Cléo raconta l’anecdote à Adrien, le soir de leur rencontre à un anniversaire, au printemps 2000 : le sourire comme une arme. Il trouvait ça “adorable”. Mais : Cléo avait-elle *vraiment* dansé dans une revue ?

Il lui posait des questions sans attendre les réponses, s’enthousiasmait du tapis d’Anatolie dans le salon de leur hôte et des tomates Saveol de la salade. L’authenticité ! Pour Adrien, le XXIe siècle serait celui de la quête du “vrai”. Lui, par exemple, était prêt à parcourir des kilomètres pour goûter à un agneau d’herbe, le broutard. Il adorait les biographies pour la même raison : les romans, comme le spectacle, lui paraissaient artificiels.

Très vite, Adrien avait souhaité la présenter à sa “bande” ; ils avaient fait l’ESCAE Dijon ensemble. Quelques instants avant d’entrer dans le restaurant, il avait conseillé à Cléo d'éviter de parler de son expérience à Diamantelles, les potes pouvaient se montrer taquins.

Il habitait un trois-pièces près du métro Arts et Métiers dans lequel il laissait le chauffage allumé même en son absence sans se soucier de la facture, il lui lisait à voix haute des articles du *Monde* comme du *Figaro* : être partisan c'était avoir des œillères, il y avait du bon partout, droite, gauche, c'était dépassé. Cléo le poussait dans ses retranchements : s'il était juré dans un procès, il serait obligé de choisir un camp.

Il fronçait les sourcils, s'agaçait quand elle raisonnait, lui coupait la parole d'un baiser : il la préférait en danseuse plutôt qu'en avocate.

Cléo avait dit à Adrien, pour Lara, il s'en inquiétait parfois après qu'ils avaient fait l'amour, est-ce que c'était mieux avec une fille ? Elle ne lui mentait pas : ça n'était pas "mieux" avec Lara. Comment était-ce, de quels adjectifs user, y en avait-il ?

Un jour qu'elles se promenaient dans le Marais, elles avaient eu tellement envie l'une de l'autre qu'elles avaient poussé la porte d'un immeuble, s'étaient allongées derrière l'escalier, à même les carreaux bleus de l'entrée. Sa cuisse nue contre les lèvres du sexe de Lara se confondait avec sa langue dans la bouche de Lara. C'était comme ça avec Lara.

Cléo appréciait de l'aimer doucement, Adrien, sans accélération, sans peine ni peur de le perdre. Elle aimait la quiétude de ne pas le désirer tout à fait. Elle aimait qu'il désire la "protéger" même si elle n'en avait plus besoin.

Cléo se représentait un tiroir situé entre ses côtes flottantes et le cœur, qui aurait contenu des silhouettes et des décors dont Adrien ignorait l'existence : la cuisine de Lara, où Cléo avait écouté les discussions du collectif, le couloir, chez Yonasz, qui menait au bureau de son père. Les textes offerts par Serge collés dans son cahier, le pardon. *Opium.* Les Élues.

Ils déjeunaient un dimanche sur deux chez les parents de Cléo. L'empressement de sa mère faisait peine à voir. Les pommettes barrées d'un trait de blush corail, chaussée d'escarpins, elle se dirigeait à petits pas précieux vers la cuisine. Elle prononçait Vinceennes, la syllabe allongée contenait le château et le bois, comme s'ils n'habitaient pas un immeuble situé à la limite de Fontenay, un seul bus jusqu'au RER et toutes les vingt minutes. Comme si elle ne faisait pas partie de ces milliers de femmes de plus de cinquante-cinq ans qui remplissaient les formulaires des agences d'intérim et comme si elle n'adorait pas chanter *Les Lacs du Connemara* en voiture, comme si ses parents s'étaient déjà rendus à Orsay, qu'Adrien préférait de beaucoup au Louvre. Comme si, sur la table de chevet maternelle, ne s'empilaient pas des romans France Loisirs et de vieux *Télé 7 Jours.*

Adrien fronçait les sourcils quand Cléo s'exclamait que les cerises coûtaient une blinde, se moquait de ses réflexes de "pingre" : prendre des billets de train longtemps à l'avance, au restaurant, à l'eau gazeuse préférer la carafe. Ses parents se taisaient, embarrassés d'entendre critiquer ces préceptes familiaux, puis son père opinait, on ne parlait pas d'argent à table.

À l'hiver 2001, elle était enceinte. Les amis d'Adrien avaient félicité Cléo ; elle les imaginait blottis entre eux deux dans le lit conjugal, applaudissant leur prouesse : des spermatozoïdes rencontrant son ovule.

Cléo aurait aimé pouvoir déserter sa peau. S'extraire de ce corps vaincu, un corps sans panache, éloigné de cette routine de sueur et de camphre : la danse. Cléo avait la nausée en permanence, perdait du poids. Adrien insistait, qu'elle fasse un effort, il guettait sa fourchette, lui préparait des gratins, des lasagnes, ça se mangeait tout seul. Son amour comme une couverture, une bâche de protection qu'on maintiendrait solidement fixée sur une serre où aurait régné une température de fin d'un monde.

Partout autour d'elle, le mot "bébé", décliné jusqu'au dégoût : crèmes hydratantes promettant aux femmes le rebondi d'une *peau de bébé*. Critiques s'émouvant de la *voix de bébé* de chanteuses susurrantes à la diction mouillée. En couverture des magazines, des mannequins simulant l'enfance, des taches de rousseur redessinées au crayon sur leurs joues rosies couleur *baby blush*. Agences offrant aux parents d'estimer leur bien en ligne, il n'y avait pas d'âge pour commencer la carrière beauté de son enfant. *Votre bout d'chou devra toutefois être photogénique, gracieux, posséder un visage harmonieux et souriant et surtout être extrêmement sage et obéissant.*

Cléo entendait Adrien parler d'elle au téléphone : il ne "tenait pas forcément" à ce qu'elle arrête de danser mais il avait lu que les abdos surdéveloppés des danseuses n'aidaient pas à l'accouchement, elles avaient du mal à *se détendre.*

détends-toi

Elle attendait une fille. Des heures durant, sangloter enfermée dans la salle de bains sans savoir ce qu'elle pleurait. Était-il possible de prétendre à l'éducation d'un être humain lorsqu'on avait contribué à la destruction d'un autre, de plusieurs, peut-être.

Se poser en exemple ?

fais comme maman

Lucie était née et Cléo ne parvenait pas à la changer, la nourrir, bercer ce petit être dépourvu de mots, soumis à elle. Parfois, elle rêvait qu'elle tenait contre elle une petite fille qui avait le visage de Betty. Cléo en sentait quasiment le goût fleuri, du glaçage rose recouvrant le gâteau servi par la mère de Betty lors de sa première visite. La déférence incongrue avec laquelle Mme Bogdani avait accueilli Cléo.

Le fil du téléphone tirebouchonné sous la porte de la chambre de Cléo. *Allez Cléo quoi*

Les sourcils noirs et les yeux transparents, les dents de devant légèrement de guingois : Betty se vantait d'avoir "les dents de la chance", elle haussait les épaules quand on lui expliquait qu'elle se trompait.

N'avoir rien fait rien dit mais avoir tout laissé s'accomplir. Pas même une main posée sur l'épaule de la petite Betty.

Avoir besoin d'aide n'était pas un signe de faiblesse, insistait Adrien, même si ses parents avaient appris à Cléo qu'on ne pouvait compter que sur soi-même…

Pouvait-elle incriminer la vie de ses parents ? Une vie passée à se "débrouiller" seuls. Pouvait-elle incriminer une transmission de leur passivité, ces haussements d'épaules à la mention des pétitions, des grèves, des gestes d'entraide.

Pouvait-elle incriminer les refrains d'un air du temps ? L'esprit Galatée était partout, que la meilleure gagne, jusqu'à la façon dont un collègue avait annoncé son licenciement à Adrien : ça allait le *booster* !

Pouvait-on incriminer des films, des séries télé, des émissions de téléréalité, des chansons de son adolescence, *cause everybody's living in a material world and I am a material girl.*

Ou alors rien de tout ça. Il lui faudrait continuer à habiter seule cette région de la honte, au bras du virus qui l'habitait, qu'elle avait propagé.

Valérie OK mercredi 12 avril 14 heures. Sophie OK mercredi 19 avril 14 heures.

Poussée par Adrien, Cléo avait accepté de consulter un psychothérapeute. Sa bibliothèque débordait de livres rangés sans ordre, dont celui-ci : *L'Imprescriptible* de Vladimir Jankélévitch. Une édition de poche, comme celle de Serge.

Serge et Yonasz. Ce désarroi qui avait saisi Cléo au square lorsque Yonasz avait admis qu'il n'avait pas envie d'être juif. On n'avait pas le droit de lâcher leurs mains, de laisser tomber ses fantômes.

Le thérapeute lui avait demandé s'il y aurait un sujet, quelque chose par quoi Cléo voudrait commencer.

Serait-elle absoute si elle lui déversait le monologue intérieur ? Pardonnée ? Suffirait-il d'échanger ce qu'elle avait fait contre un billet posé dans la main du psy ?

Cléo avait décommandé le rendez-vous suivant. Elle rappellerait.

En 2003, après plusieurs tentatives pour se maintenir à flot en dépit de diverses blessures – au ménisque, au quadriceps, une lombalgie –, Cléo avait pris rendez-vous à Pôle Emploi.

À chacun de ses entretiens, son conseiller semblait oublier qu'il lui avait déjà cité La Fontaine : *se trouva fort dépourvue quand la bise fut venue.*

Pourquoi ne pas passer son diplôme d'enseignement de la danse ?

Elle n'avait pas la fibre pédagogique.

Pourtant, lui objectait-il, Cléo avait un sacré parcours, ça serait formidable de transmettre son expérience à des jeunes filles.

faire comme Cléo

Alors… masseuse, peut-être ? Ou – mais c'était sans réel rapport avec son savoir – tenir l'accueil d'un centre de danse à Bastille ?

De 9 heures à 17 heures, Cléo indiquait les vestiaires aux arrivants, répondait au téléphone, encaissait les paiements. Au début de chacun des cours – le centre comptait cinq salles – les élèves lui tendaient leur ticket, tous la connaissaient par son prénom, ils se confiaient à elle : Cléo t'es mieux que ma mère, merci Cléo.

La directrice la complimentait pour sa vigilance. Une camarade de classe de Lucie lui avait raconté en pouffant cet épisode où son père, qui l'attendait après son cours de *street jazz*, avait subi un long interrogatoire de la part de Cléo : la honte pour lui, il était passé pour un pédo. Sa mère c'était une féroce.

Sa fille savait tant de choses auxquelles Cléo n'avait jamais réfléchi. Elle semblait munie d'un compas géant à l'aide duquel elle traçait les frontières entre bien, nul, positif, toxique, tout était molécules disséquées jusqu'à leur structure. Lucie organisait son existence comme on orchestre une symphonie, à l'affût de la plus minuscule dissonance. Elle testait tout d'un orteil précautionneux, ne s'aventurant pas dans un restaurant avant de s'être assurée qu'il soit bien noté et ce, sur plusieurs sites.

Elle venait de fêter ses dix-neuf ans mais s'amusait encore, les dimanches après-midi de désœuvrement, des traces laissées par Cléo sur YouTube : sa mère avait des fans, les vidéos "spécial Malko" comptabilisaient des milliers de vues récentes ! Comme lorsqu'elle était enfant, à cette différence qu'il y avait, maintenant, de l'acidité dans le rire de Lucie lorsqu'elle pointait du doigt sa mère sur l'écran. Cette tenue qu'elle portait, c'est d'un kitsch ! Les danseuses, qu'elles enfilent un tutu pour attendre un prince ou qu'elles se trémoussent en mini-short en satin, étaient des corps à louer qui n'avaient jamais leur mot à dire et ne s'en formalisaient pas.

Cléo opinait, peut-être, ma chérie. Peut-être sa fille avait-elle raison.

Cléo songeait à l'atelier de Claude, aux strass cousus sur les tissus, plus un strass avait de faces, plus il brillait dans différentes directions, un faisceau de questions ouvertes. Cléo n'avait pas de réponses.

Sa fille ne serait jamais à louer. Elle aurait éclaté de rire si on lui avait fait miroiter une bourse d'excellence à treize ans. Elle aurait passé son chemin.

Sa fille devant laquelle il serait inutile d'argumenter lorsqu'elle *saurait* : le récit de Cléo ne ressemblerait en rien à celles qui faisaient précéder leur témoignage d'un dièse, #MeToo.

Celui d'une mauvaise victime, 0.1.

*

Après-demain, elle aura quarante-huit ans. Lucie et Adrien s'affairent depuis des semaines à lui préparer une surprise pour son anniversaire. Une grande surprise, a précisé sa fille.

Dans le salon, l'ordinateur est toujours allumé.

> *Un numéro vert ainsi qu'une adresse mail : temoignagegalatee-ocrteh@interieur.gouv.fr sont à disposition. Parallèlement à l'enquête, un autre appel à témoins a été lancé sur la page Facebook de la maison de production ELVENID qui s'apprête à réaliser un documentaire sur le sujet.*

9

Quarante-huit ans, ce n'est pas un chiffre rond, a objecté son père, quand Lucie lui a proposé qu'ils organisent à Cléo un anniversaire-surprise.

Justement. Elle ne s'attendra à rien de spécial.

Adrien et Lucie se sont rapidement pris au jeu, ils ont mis leur savoir en commun, se retrouvant le dimanche après-midi au café d'en bas, ils se racontent Cléo.

Quels prénoms persistent ?

Lara. Il faut rendre ceci à Cléo, que jamais elle ne s'est gênée devant Lucie pour qualifier Lara d'ex-amoureuse, sa "grande histoire".

Son habilleuse, Claude, avec laquelle elle continue à correspondre ?

Et celui dont Cléo a conservé les écrits ? Le père de ce Jonas ? Yonach ?

Plus jeune, Lucie l'a quelquefois entrouvert, le tiroir sous le lit conjugal de ses parents, aussitôt découragée par un fatras de carnets, de vieux magazines et de feuilles doubles.

Le numéro de téléphone des parents de Yonasz, dans le carnet 1987, sonne dans le vide, mais son adresse mail professionnelle a été facile à retrouver sur le net, l'orthographe de son prénom le distingue des autres Varlinsky.

L'adresse mail de Claude est enregistrée dans le carnet d'adresses numérique de l'ordinateur de Cléo. Mais elle ne répond pas au message de Lucie.

Pour Lara, Adrien a obtenu son mail en s'adressant au syndic de l'immeuble où elle habite toujours.

10

Le premier mot qu'il lui dit, lorsque Cléo ouvre la porte, est : désolé. Yonasz est désolé d'être en retard de trente-deux ans et vingt minutes à sa fête d'anniversaire.

La Cléo de quarante-huit ans pouffe comme la Cléo de seize. La Cléo de quarante-huit ans semble s'être tenue en lisière du temps, son visage est celui d'une ancienne enfant aux cils nus. Yonasz lui tend un paquet cadeau, l'intégrale des CD de Mylène Farmer, ainsi qu'une chemise cartonnée orange aux élastiques distendus dont il sort une feuille volante : Serge a écrit ceci pour elle, depuis son lit d'hôpital en 1993. Yonasz a souvent songé à la lui envoyer mais n'a pas osé.

Après dîner, ils se promènent tous les quatre le long du canal ; la nuit va à tâtons, un éventail marine frôlant le toit grenat du théâtre de la Villette.

Lucie et Adrien se tiennent loin en arrière. Cléo fait un petit geste en leur direction, on se retrouvera à la maison, plus tard.

je crois que j'aimerais te raconter quelque chose

Yonasz écoute Cléo sans l'interrompre. Puis, il lui tend un mouchoir en papier, les larmes sur les joues de Cléo ont la pâleur d'une averse.

Elle sort de sa poche un article de journal plié en quatre. Si je leur écris, si j'y vais, tu viendras avec moi ? demande-t-elle à Yonasz.

11

Le serveur sur lequel l'Office central pour la répression de la traite des êtres humains a découvert le fichier "Galatée" était sous surveillance depuis des mois.

Les clichés les plus anciens ont été pris en argentique, sans doute au début des années 1980 ; les plus récents ont dévoilé aux enquêteurs leur trace numérique, ils datent de 1994. Sous chaque image, un lien obsolète ne mène qu'à des dossiers supprimés.

C'est un fichier aux allures de catalogue dont on ne sait ce qu'elles vendent, ces rangées d'adolescentes anonymes dont seuls quelques indices – un chouchou, une montre Casio au poignet ou un sweat-shirt Chevignon – trahissent l'époque à laquelle ces photos ont été prises.

Certaines semblent réprimer un fou rire, les yeux écarquillés, comme ébahies d'être là. D'autres empruntent aux magazines la pose archétypale des modèles : menton baissé, regard par en dessous.

Un catalogue de fins d'enfances, aux ongles rongés et vernis, aux franges tombant jusqu'aux sourcils, aux dents couvertes de bagues.

C'est un fichier dont Enid n'imagine pas, lorsqu'elle en entend parler pour la première fois par le biais de son frère, journaliste enquêteur, qu'il sera le sujet de son prochain documentaire.

Aux étudiants en cinéma, elle affirme continuellement qu'elle n'a pas de méthode à leur transmettre. Elle sait seulement ceci : il faut raconter ce qui hante. Et les sujets des documentaires comme ceux des romans sont des paravents qui masquent nos questions irrésolues. Le sujet ne se trouve ni ne se cherche, il faut s'autoriser à l'entendre, à lui laisser donner de la voix. Il est là depuis toujours, une banale écharde sous la peau qui se laisse oublier à la façon d'une dent ébréchée, jusqu'à ce qu'on passe sa langue dessus.

Les visages du fichier racontent une histoire muette, aux sous-titres enfouis, dont Enid a été lente à comprendre que celle-ci la hantait.

Trois mois après sa découverte, la police parvient à identifier un des visages du fichier par le biais d'une main courante déposée par la mère d'une des jeunes filles en 1991 : D., treize ans.

La mère de D. accuse une "fondation Galatée" d'emprise sur sa fille. Mais ladite fondation n'a ni adresse postale, ni existence administrative ; de plus, la notion d'emprise n'a été inscrite dans le Code pénal qu'en 1994, l'affaire s'arrête là.

Contactée et convoquée par la police, D., quarante-deux ans aujourd'hui, accepte de s'y rendre ; auparavant, elle prend conseil auprès d'un avocat, Maître Barrel. Le frère d'Enid a déjà été en contact avec son assistante pour une autre affaire. Elle lui obtient facilement une copie de la déclaration de D., l'affaire est prescrite.

Son frère la fait lire à Enid.

En 1991, j'étais en quatrième quand une fille de ma classe a fait sensation en annonçant qu'elle avait été sélectionnée par une fondation attribuant des bourses aux adolescentes pour financer leur "rêve". Pour elle, un stage de stylisme dans une maison de haute couture.

J'étais passionnée d'équitation, j'avais des posters de chevaux dans ma chambre, j'en faisais en été parce que ça n'était pas cher à Saubusse, chez mes grands-parents. Dans la région parisienne, c'était réservé à celles qui en avaient les moyens.

Ma mère trouvait ça bien que je tente ma chance ; elle n'aimait pas me voir traîner le samedi sur la place de la Mairie de Cergy.

J'ai rapidement rencontré une femme de la fondation. Elle parlait de l'égalité des chances, "principe fondateur de Galatée" ; elle trouvait mon projet enthousiasmant. Nous nous sommes vues à plusieurs reprises, il allait falloir "solidifier" mon dossier, ça semblait sérieux. Elle m'a offert un livre sur Bartabas, et un samedi, elle m'a emmenée au Louvre, je me souviens du Cheval dans la tempête *de Géricault. J'étais subjuguée, pas tant par sa culture que par ses attentions. Elle a pris en main mon dossier, s'est occupée d'organiser une séance photo, la photo du fichier vient de là.*

Une dizaine de jours plus tard, Cathy a appelé ma mère : j'étais sélectionnée. La prochaine étape serait de convaincre des membres du jury. Ma mère m'a acheté une robe pour l'occasion, on ne parlait que de ça.

Cathy m'avait expliqué qu'elle ne pourrait être présente, une question de "conflit d'intérêts".

Je m'y suis rendue seule, terriblement intimidée, j'allais rarement à Paris et jamais dans le 16e arrondissement. Les jurés étaient au nombre de cinq, des hommes d'une cinquantaine d'années. Il y avait aussi trois filles de mon âge environ mais nous ne nous sommes pas parlé, sans doute parce que nous étions en concurrence. Un des jurés a même lancé : "Que la meilleure gagne !" *J'étais tétanisée par l'apparat du repas, la serveuse qui ressemblait à un mannequin, les conversations des jurés entre eux, qui s'exprimaient sur des sujets auxquels je n'entendais rien : cinéma, littérature... L'homme chargé de mon dossier était assis à mes côtés. J'avais préparé tout un argumentaire mais il m'a longuement questionnée sur mes chansons préférées, sur mes copines. Ça m'a mise à l'aise. D'autant plus qu'il s'est dit à plusieurs reprises "bluffé" par ma maturité, ma sensibilité. En partant, il s'est déclaré "séduit" et m'a proposé qu'on élabore un plan de mon avenir, la fois d'après : il avait entendu parler d'un stage de saut d'obstacles à Vincennes, à Pâques. J'étais extatique. La jeune serveuse m'a raccompagnée chez moi en voiture. Elle m'a dit que j'avais tapé dans l'œil d'un autre juré, un producteur de films ; je ne voulais pas faire de cinéma mais j'ai quand même été flattée. En me quittant, elle m'a tendu une enveloppe : deux cents francs, en attendant la bourse. Une sorte d'avance, m'a-t-elle dit.*

Cathy, lorsque je lui ai raconté, m'a dit qu'à partir de là, "mon avenir était entre mes mains". J'étais abasourdie d'avoir une chance pareille.

Le mercredi suivant, j'attendais d'être soumise à une épreuve, un examen de mon dossier. Mon juré m'a expliqué que Galatée pratiquait le "contrôle continu". Tout comptait et par-dessus tout ma "maturité". Sa réponse a été déterminante je crois. Il m'avait dit qu'il était médecin, et quand il m'a demandé si je l'autorisais à me montrer les points de tension musculaires du dos, importants pour le galop, j'ai accepté : la "maturité", c'était de ne pas me méfier de tout. On est allés dans une chambre à côté, il m'a fait un massage quasiment médical, ça m'a rassurée.

La même enveloppe, la même somme.

Je pensais à lui tout le temps. J'étais tellement complexée de ne pas encore avoir mes règles ni de poitrine, aucun garçon du collège ne faisait attention à moi, mon père prenait rarement de mes nouvelles et là, un adulte me trouvait belle. Gracieuse. J'avais hâte de le revoir, j'en oubliais presque la bourse. Au collège, on adorait les films où un homme plus âgé "révélait" une jeune fille, comme dans Pretty Woman. *Je me sentais choyée.*

Cathy m'encourageait pour la suite, j'étais "vernie" d'être tombée sur un juré de cette qualité, qui, en plus, était "fou de moi". C'est la troisième fois que... Le déjeuner a commencé de la même façon, tout était chic et délicat, les conversations comme les plats. Il m'a d'abord tendu un petit paquet, un cadeau : Loulou de Cacharel, assorti d'un mot : "Pour une future grande cavalière."

Je portais une robe assez courte, en laine, qu'il trouvait "adorable", de même que ma façon de reprendre du dessert : c'était une preuve de sensualité, m'a-t-il dit. Il a longuement discouru sur l'importance de cette "sensualité", celle des chevaux, aussi. Progressivement, mais je ne sais plus comment, il en est arrivé à me demander si en montant à cheval j'avais déjà été excitée. Cela m'a mise très mal à l'aise et il l'a vu. Aussitôt, il m'a reparlé des critères de "maturité", espérant que j'en ferais preuve, pour la bourse. J'étais au bord des larmes mais décidée à ne pas lâcher. L'épreuve était là.

La serveuse m'a raccompagnée sans paraître remarquer l'état dans lequel j'étais, dans l'enveloppe, il y avait quatre billets. J'ai essayé de dire à ma mère que quelque chose n'allait pas mais n'y suis pas parvenue. Comment aurais-je pu lui raconter que, sans y être forcée, j'avais fait une fellation à un adulte ? Prononcer le mot "fellation", rien que ça, c'était inimaginable. Je n'avais aucune expérience sexuelle.

Quand Cathy m'a annoncé que malheureusement, mon dossier n'avait pas été retenu, j'ai été convaincue que c'était de ma faute sans savoir si j'aurais dû dire non au type ou au contraire m'appliquer à faire mieux et plus.

Je n'osais pas demander à la fille de ma classe qui m'avait présenté Cathy si elle avait vécu la même chose. J'avais peur, si ça n'était pas le cas, d'être traitée de "salope". Si j'avais pu appeler Cathy… Mais je n'avais pas son numéro de téléphone. Son silence confirmait que je l'avais déçue. Je crois que j'ai fait une dépression.

J'ai été dévastée que ma mère dépose une main courante quelques mois plus tard. J'avais honte. Et peur qu'à cause d'elle, Cathy soit inquiétée. Les policiers m'ont demandé si j'avais été victime d'abus sexuel ou d'extorsion de fonds, j'ai répondu que non.

Je ne sais pas ce qui est arrivé aux autres, qui étaient au déjeuner. Elles n'étaient pas dans mon collège. Depuis plus de vingt ans, j'y pense : peut-être qu'ils ne faisaient jamais revenir les filles une fois qu'elles avaient servi. Ou alors je leur ai paru trop jeune. Ou pas assez.

La police montre à D. deux portraits du fichier dont la trace numérique révèle qu'ils ont été pris en 1990 ; D. reconnaît celle qui lui a présenté Cathy : F.

F. refuse de se rendre à la convocation, elle en a le droit. Elle refuse également de rencontrer Maître Barrel, qui a décidé de constituer un dossier, il espère que des victimes plus récentes de Galatée se feront connaître.

Le frère d'Enid envoie un mail à F., il souhaiterait la rencontrer, il invoque son enquête pour un célèbre journal en ligne. F. ne répond pas.

Enid tente sa chance : à F., elle écrit qu'elle est réalisatrice de documentaires, sans lien aucun avec la police ou la justice. Elle et sa collaboratrice Elvire ont déjà obtenu une dizaine de prix dans des festivals. Le fichier Galatée les intrigue.

Sans réponse de F., trois semaines plus tard, Enid écrit à nouveau, une simple rencontre dans un café n'engage à rien, elle assure F. qu'elle ne l'enregistrera qu'avec son accord.

Si Enid ne l'enregistre pas, lui répond enfin F., elles peuvent se rencontrer. Mais elle n'a pas grand-chose à dire. Et aucunement l'intention de porter plainte.

C'est une fille de troisième qui m'a parlé de Galatée. Pour moi, ça a marché : mon juré a bien adressé une lettre de recommandation à Lagerfeld, il me l'a montrée. Personne dans mon entourage familial n'aurait pu me "recommander" pour quoi que ce soit. Je faisais le show *au collège, avec mes cadeaux, ma bourse. Mais je ne l'ai pas obtenue. J'ai eu ma chance mais, comme Cathy le répétait, l'excellence n'était pas donnée à toutes. Cathy était très chic. Les déjeuners aussi. La première fois que j'ai vu des sushis, c'était là-bas, en 1990. Ils ne regardaient pas à la dépense.*

Enid parle à F. de la déposition de D.

Oui… Bon. C'est une épidémie en ce moment. Le moralisme transforme les plus belles choses en boue. D. a beau jeu de se faire passer pour une victime. Elle comme moi sommes allées aux déjeuners de notre plein gré.

F. a-t-elle, comme D., été victime d'abus sexuel ?

Je n'ai été forcée à rien. Comment ces hommes auraient-ils pu résister à des jeunes filles prêtes à n'importe quoi pour se faire remarquer ? Et je ne suis pas traumatisée d'avoir sucé ce type deux trois fois. Après tout, j'ai fait ça plus tard dans ma vie, avec d'autres dont je pensais être amoureuse.

Mais tout de même, c'est difficile de croire que Cathy n'ait rien su de ce qui se déroulait pendant ces déjeuners, et F., comme D., avait treize ans…

Cathy ne savait probablement rien ; elle s'intéressait uniquement aux belles choses, à l'art. Elle m'a tout appris, elle m'a… éduquée. Je n'avais pas envie de la décevoir.

Très bien.

Pourquoi F. a-t-elle choisi de parler de la bourse à d'autres filles ? Alors qu'elle savait qu'il y aurait peu de bourses attribuées ? Et pourquoi à D. ?

Le sang frappe le clair de ses joues jusqu'au front.

On n'avait pas les agendas de ministre des gosses d'aujourd'hui. Mes parents n'avaient ni le temps ni l'argent de s'enquérir de mes rêves. Du moment que je rapportais un bulletin de notes correct, que j'aurais un métier raisonnable, ça leur suffisait. L'avenir, pour moi, c'était de chercher à attraper un garçon qui n'habiterait pas Cergy et de m'accrocher à ses rêves à lui.

D. soupirait sans cesse après ses chevaux, ils lui manquaient, elle regardait les concours hippiques à la télé… Je me suis dit qu'elle pourrait tenter le coup. Moi, de toute façon, c'était plié, je l'avais pas. Si aider est un crime…

Sa colère fait se retourner le serveur, F. fouille dans son porte-monnaie, s'oppose à ce qu'Enid règle l'addition, le marbré bordeaux de ses joues rosit avec lenteur, jusqu'à se stabiliser en corail pâle. Elles sont depuis le début de l'après-midi dans ce café, arrimées à leur table comme à un radeau, les mains de F. agrippant son sac à main.

Enid ne pose plus de questions. Elle l'écoute juste qui défend longuement Cathy, évoque de nouveau sa "chance", des restaurants, des cadeaux. Le récit de F. s'enrichit de facettes différentes, elle évoque un déjeuner où *quand même ça a été un peu loin.*

Et comment, par le hasard d'un cours de rattrapage obligatoire au collège le mercredi, elle a dû renoncer à se rendre aux déjeuners.

Cathy a été très compréhensive.

F. hésite, lui redemande si Enid l'enregistre. Tout ça est un peu compliqué, souffle-t-elle.

Elles savent toutes les deux qu'à compter de ce moment, elles quittent le récit officiel : Cathy lui a bien offert de devenir son "assistante" rémunérée.

Dernièrement, ça lui est passé par la tête. Avec *MeToo*.

Parce que tout n'a pas été rose pendant les déjeuners. J'y ai pensé, à raconter. Mais je n'ai pas le bon… comment je dirais ça ? La bonne histoire. C'est pas la bonne histoire. Vous comprenez ? Personne ne va me plaindre avec ce que j'ai à dire. On va me juger. C'est normal, j'ai pas été toute blanche.

En sortant, Enid lui propose de marcher un moment, F. décline, préfère rentrer, elle manque se tordre la cheville au bord du trottoir, se rattrape à Enid, s'excuse, elle est un peu *tourneboulée.*

Lorsqu'elle rentre chez elle, avant même de se préparer à dîner, Enid écrit dans son journal ceci :

"J'avais douze ans en 1982. Je collectionnais les posters de Brooke Shields, tout comme j'allais adorer Vanessa Paradis six ans plus tard.

J'étais roublarde et minaudais pour obtenir plus d'argent de poche. Grande gueule dans la cour d'école et terrorisée à l'idée de saluer les invités de mes parents, je tailladais mes shorts en jean pour laisser à nu le haut de mes cuisses et pleurais quand ma mère menaçait de jeter mon pyjama Snoopy devenu trop petit.

Je mentais avec métier et sans remords, j'imitais la signature de mon père sur mon carnet de notes, je volais des quarante-cinq tours au Prisunic, j'empruntais des romans de Danielle Steel à la bibliothèque et cornais les pages de *Cosmo* qui donnaient des « trucs » pour passer de « loseuse à winneuse sexuelle ». Je passais mes dimanches après-midi pelotonnée sur le canapé, abrutie d'émissions de variétés, de sucres rapides et de bulles acides.

Le lundi matin, je jurais de parvenir à la pureté d'une existence exempte de désirs, brûlais de disparaître, comptais les calories de tout ce que j'avalais et me forçais à me tenir nue devant la fenêtre ouverte de ma chambre ; j'enviais les toux sèches de ceux qui souffraient de bronchites, je sautais de murets trop hauts à pieds joints jusqu'à sentir le choc du béton dans mes chevilles. J'étais avide de souffrances tangibles.

Je pleurais la mort de Rimbaud sans jamais le lire de même que je sanglotais dès qu'un chien mourait dans un film, chavirée au quotidien. Je tanguais entre la prescience d'un temps trop court et d'années trop longues. J'attendais qu'il se passe quelque chose. Je le guettais, ce quelque chose, prête à m'y adonner. Je tombais amoureuse d'une mèche sur un front, d'un sourire dans le bus. Mes pommettes étaient écarlates comme sous l'effet d'une fièvre permanente. J'attendais. Mon journal intime renfermait des pages entières de serments, dont celui de *tout faire* pour vivre une vie *exceptionnelle*, sans aucune idée de ce qu'elle serait, sinon *autre chose.*

Cathy était une invitation à quitter la torpeur. J'aurai sans doute passionnément aimé Cathy, être son élue.

Je me serais rendue aux déjeuners comme à une compétition pour être l'élue la plus élue. Pour honorer la foi de Cathy en mon avenir. Mon appréhension aurait été diluée par les attentions de ces hommes, leurs questions. Ils auraient confirmé ma certitude naïve d'être remarquable, d'avoir un « destin ». Ils auraient confirmé ce dont j'étais convaincue, déjà : mes parents ne me connaissaient pas.

J'aurais prétendu connaître les règles du jeu, j'aurais cherché à être à la hauteur de cette « maturité » louée par les pseudo-jurés. L'argent aurait renforcé la sensation d'avoir un pied dans le futur : un salaire, rien qu'à moi. J'aurais fermé les yeux et n'y aurais vu que du cinéma, de ces films dont je raffolais, dans lequel la soumission à un homme avait les atours de l'audace et le visage de Kim Basinger dans *Neuf semaines et demie*.

Peut-être aurais-je hésité à « assister » Cathy. Mais peut-être son affection formidablement bien calculée aurait-elle eu raison de ma réticence. Peut-être ma peur d'être relâchée dans ma vie d'avant Cathy aurait-elle eu raison de mon hésitation."

Enid et Elvire s'appellent deux ou trois fois par jour, échangent une dizaine de SMS et se retrouvent pour dîner sauf quand l'une d'elles est en déplacement.

Elles ont tout découvert ensemble : comment rédiger un CV, l'orgasme, retaper un appartement, la brève adhésion à la théorie du polyamour, les trains qu'on prend à l'aube rien que pour aller voir la mer comme dans les films des années 1960, l'échec à des concours et l'art de réussir le soufflé.

Aujourd'hui, rien ne manque à cet amour, sauf le sexe.

Leur séparation amoureuse a marqué le début de leur collaboration.

Après avoir écouté le récit de la rencontre d'Enid et de F., Elvire en est convaincue : elles tiennent leur prochain documentaire. Une affaire de prostitution de mineures en plein Paris à l'heure du déjeuner, avec des traîtresses et des victimes adolescentes… D. en sera l'héroïne. Nul doute qu'elles trouveront des financements.

Leurs différends, maintenant qu'elles n'entrent plus dans la catégorie "couple", sont brefs et ne concernent que des détails d'organisation. Mais ce soir-là, les mots d'Elvire heurtent Enid.

Si D. a été victime du système Galatée, F. ne l'est pas moins, proteste Enid. Et ça n'est pas une affaire de prostitution. La prostitution est une transaction entre deux personnes qui se sont mises d'accord. Ces gamines n'avaient pas *décidé* d'échanger du sexe contre un stage ou une lettre de recommandation. Elles l'ont fait pour ne pas décevoir Cathy. Parce qu'elles l'aimaient et voulaient continuer à en être aimées. Cathy a parié que l'amour les réduirait au silence. Elle a eu raison.

Par ailleurs, cette affaire n'est pas "exceptionnelle", elle les concerne, elle concerne tout le monde, n'importe qui.

S'en souvient-elle, Elvire, des rumeurs de harcèlement qui visaient un producteur qui s'intéressait à leurs films ? Se souvient-elle de leur joie lorsqu'elles ont reçu le mail d'invitation à sa fête d'anniversaire ? Qu'ont-elles fait ? Ont-elles brandi un digne refus ? Non, elles y sont allées, flattées d'être parmi les *"happy few"*. Elles se sont tues et ont contribué à faire qu'il continue. Complices.

On n'était pas certaines que ça soit vrai. Il parlait de nous produire, il était bien le seul à l'époque, murmure Elvire.

Ce soir-là, toutes deux préparent le dîner en silence, comme on tente de remettre droit un décor vacillant.

Si ce film se fait, écrit Enid à Elvire plus tard, quand elles se sont réfugiées dans leurs appartements respectifs, il ne pourra s'agir d'un portrait d'héroïne. La célébration actuelle du courage, de la force, met mal à l'aise. Ce ne sont que "femmes puissantes" qui se sont "débrouillées seules" pour "s'en sortir". On les érige en icônes, ces femmes qui "ne se laissent pas faire", notre boulimie d'héroïsme est le propre d'une société de spectateurs rivés à leur siège, écrasés d'impuissance. Être fragile est devenu une insulte. Qu'adviendra-t-il des incertaines ? De celles et de ceux qui ne s'en sortent pas, ou laborieusement, sans gloire ? On finit par célébrer les mêmes valeurs que ce gouvernement que l'on conspue : la force, le pouvoir, vaincre, gagner.

Le système Galatée ne disait pas autre chose : que la meilleure gagne ! L'affaire Galatée nous tend le miroir de nos malaises : ce n'est pas ce à quoi on nous oblige qui nous détruit, mais ce à quoi nous consentons qui nous ébrèche ; ces hontes minuscules, de consentir journellement à renforcer ce qu'on dénonce : j'achète des objets dont je n'ignore pas qu'ils sont fabriqués par des esclaves, je me rends en vacances dans une dictature aux belles plages ensoleillées. Je vais à l'anniversaire d'un harceleur qui me produit. Nous sommes traversés de ces hontes, un tourbillon qui, peu à peu, nous creuse et nous vide. N'avoir rien dit. Rien fait. Avoir dit oui parce qu'on ne savait pas dire non.

Ces déjeuners, dans les années 1990, qui mettaient en relation des gamines et des hommes de pouvoir ? *C'était de notoriété publique.*

Ces mots sont ceux d'une productrice d'émission de radio avec laquelle Enid et Elvire s'entretiennent du documentaire à venir.

Tout le monde le savait.

Et si ces déjeuners ont eu lieu tant d'années sans que personne ne s'en plaigne, c'est la preuve qu'il ne s'y est rien passé de bien sérieux, ajoute-t-elle.

Elles étaient prêtes à fouiner, à parcourir des monceaux d'archives, à ruser pour obtenir des réponses mais tout est là, à ciel ouvert. Le labyrinthe Galatée n'en est pas un, on peut en parcourir tous les recoins. Elles se targuaient de déterrer un explosif mais ceux qui l'ont manié en parlent avec la nonchalance qu'on accorde à un jouet. Un jouet dont on ne se souvient pas avec précision, sinon qu'il aura distrait. Le fichier témoigne de l'indifférence de ceux qui ont tout *vu* : des cadeaux trop chers offerts à des jeunes filles exaltées ou défaites, "élues" pour être utilisées et congédiées.

Certains jours, les visages sur l'écran de son ordinateur paraissent narguer Enid, les jeunes filles se moquent d'elle : à leur histoire, Enid ne comprend rien. Elle est bien trop vieille. Qu'elle leur fiche la paix : elles ont passionnément aimé Cathy, *quelque chose* leur sera arrivé, au moins.

À force de les scruter, Enid sait de chacune un détail qui l'étreint : le col usé d'un tee-shirt, des ongles rongés et vernis, les dents de guingois d'un sourire.

On arrive, leur promet-elle, j'arrive.

Cinq mois après avoir entendu parler pour la première fois de Galatée, Enid et Elvire décident de publier l'appel à témoins sur les réseaux sociaux.

Entre 1984 et 1994, vous aviez entre 13 et 15 ans. Vous avez été approchée par une femme vous invitant à postuler à la bourse d'une "fondation Galatée".

Après une première sélection, il vous a été suggéré de vous rendre à un déjeuner afin de rencontrer des membres du jury.

Nous aimerions entendre votre histoire. À celles qui le souhaitent, nous proposons de participer à un documentaire consacré à l'affaire Galatée. Un premier rendez-vous aura lieu le dimanche 27 janvier (détails plus bas).

En cliquant sur le lien ci-dessous, vous serez redirigée vers un site qui n'enregistre pas les adresses IP. Vos réponses aux questions resteront donc anonymes. Si vous ne souhaitez pas répondre à une question, passez à la suivante.

Toutes les nuits, l'appréhension de la rencontre à venir éveille Enid à la même heure, 4 h 40. Assise en tailleur dans son lit face à la fenêtre, la lune se fond à l'orangé des projecteurs de la gare du Nord, le dôme du Sacré-Cœur s'emmitoufle de nuages épais. Un bébé sanglote à l'étage du dessous, peu à peu, ses pleurs s'étiolent, Enid reste seule face aux chiffres du rapport de police : 0.1 et 0.2.

0.1 roublarde en mini-short, grande gueule dans la cour du collège et terrorisée à l'idée de saluer les invités de ses parents, 0.1 qui va *tout faire* pour mener une vie *exceptionnelle*.

0.1 facile à subjuguer, amoureuse de Cathy qui distille de l'amour au mérite.

0.1 pomponnée à la table des déjeuners, au cœur des débats et du champ de bataille. Qui triomphe une fois, deux fois mais pas trois.

0.1 fière de faire preuve de "maturité", qui ne dit ni oui ni non, ni d'accord ni pas d'accord, les gestes effectués sans les comprendre tout à fait.

0.1 qui toque à la porte de la chambre parentale, elle a treize ans, bafouille un début de quelque chose, *je crois que je voudrais dire quelque chose*, arrêtée d'un : "on verra demain va te coucher il est tard" ; et qui referme la porte.

0.1 a vingt ans, elle a trente ans, elle s'est fabriqué un lexique du silence. L'horizon est empoisonné.

0.1 banale quadragénaire discrètement ravagée d'avoir été 0.1, d'avoir dit oui parce qu'elle ne savait pas encore dire non.

0.1 hantée par la peur d'avoir été 0.1, la honte ne perd jamais la mémoire, la honte a la mémoire si longue.

0.1 mauvaise victime.

0.1 dont Enid parle constamment, lui fait remarquer Elvire. Plus que des 0.2, 0.3, 0.4, 0.5.

Qui peut se targuer de ne jamais l'avoir été, une 0.1 ? lui répond-elle.

0.1 qu'Enid esquisse, crayonne, gomme et retrace.

0.1 qui a près de cinquante ans aujourd'hui. Une voisine serviable, une sœur fiable, une amie généreuse, une mère exemplaire.

0.1 dont une avocate explique à Enid que "ces filles-là, on les appelle des caporales", d'une armée du silence, 0.2 0.3 0.4 0.5.

0.1 dont un commissaire dit à Elvire qu'il a appris à les plaindre, parce qu'elles ne sont jamais les 0.1 qu'elles s'imaginent, les favorites. Elles sont toujours précédées d'une autre 0.1.

0.1 petite star de son collège que nombre d'écrivains célèbres, de chanteurs, de producteurs, d'industriels ont croisée aux "déjeuners" entre 1984 et 1992. Qui *savaient.*

Sans oublier les autres, qui *voyaient* : cuisinier, serveuse, voisins de palier.

Sur la page de l'appel à témoins, cent trois personnes se sont déclarées “intéressées” par la rencontre. Quarante et une s'y sont inscrites, leurs prénoms ont des allures de pseudos : Antinéa, Natacha, Coppélia, Jo, Buffy.

0.1 est peut-être parmi ceux-là.

Peut-être, mais elle ne viendra pas, rétorque Elvire, car il lui faudrait faire face aux autres, les 0.2 0.3 0.4.

Ou alors, lui dit Enid, elle attend depuis trente ans qu'on la juge, qu'on la punisse ou qu'on lui pardonne et qu'enfin les chiffres la quittent. Elle viendra.

Peu se sont saluées, deux se sont enlacées longuement. Quelques-unes se sont assises en tailleur à même le parquet, adossées au chauffage, contre le piano. Le visage émacié de celle-là la chavire, qu'Enid reconnaît. Une autre ne quitte ni son manteau ni son écharpe, comme sur le départ. Et elle, qui bâille et pianote sur son téléphone, semble être venue là par hasard. Une femme aux cheveux tirés en queue de cheval demande si l'homme à ses côtés, son "meilleur ami", précise-t-elle, peut rester. Elles sont plusieurs à s'étonner du lieu, une salle de danse ? Elles veulent savoir à quelle heure "ça" se terminera. S'assurent que rien ne sera filmé ou enregistré.

Les réalisatrices promettent, expliquent : cette salle a été la seule à bien vouloir les accueillir un dimanche gratuitement. À chacune, elles distribuent une feuille de papier : deux phrases sont à compléter, ce petit exercice aidera à faire connaissance.

Il y a vingt ans, j'ai :
Il y a trente ans, j'ai :
Enid lance, pour exemple :
Il y a vingt ans j'ai : coupé mes cheveux très court et mon père en a été peiné.

Il y a trente ans j'ai : fait partie, au lycée, d'un petit groupe d'élèves qui organisaient des bizutages.

Quinze minutes s'écoulent, Enid et Elvire attendent dans le couloir. Lorsque Enid entrouvre la porte, les femmes écrivent, concentrées.

Elle ramasse les papiers anonymes. Demande si toutes acceptent qu'on lise leurs réponses à haute voix.

Quelques rires : *il y a vingt ans je croyais en l'orgasme.*

Deux trois applaudissements : *il y a trente ans je suis allée à un concert de SOS Racisme.*

Des sifflets, des rires : *il y a vingt ans j'ai craqué pour un CRS dans une manif.*

Il y a vingt ans j'ai commencé à mentir à ma fille

Il y a trente ans certaines ici savent ce qui s'est passé

Il y a trente ans qu'aucune d'entre nous ne doit rien à Galatée

Il y a trente ans que je ne parviens ni à me souvenir ni à oublier

Il y a trente-cinq ans que je voudrais te demander pardon

Une femme a interrompu Enid, elle tend sa main vers elle, droite comme une collégienne qui connaît la bonne réponse : *c'est moi.*

Enid la reconnaît, son visage tout en haut de la page deux du fichier, cliché argentique pris dans les années 1980.

C'est moi, répète-t-elle. C'est mon papier *: "ça fait trente-cinq ans que je voudrais te demander pardon".*

Elle est debout, figure de proue au sein d'une volée de murmures, 0.1 ou 0.2, elle resserre sa queue de cheval d'un coup de poignet, sort de la poche arrière de son pantalon une feuille pliée en quatre. L'air bruisse de centaines de mots jamais prononcés.

Je voudrais vous dire quelque chose. Vous lire un texte qui…

Attends ! Celle qui vient de lui couper la parole se hâte depuis le fond de la salle, elle répète *attends attends*, elle enjambe des manteaux en tas, pousse des chaises, ses cheveux forment des virgules jusqu'au bas de son dos. Elles sont côte à côte, puis se font face, l'une qui prend la main de l'autre, elle s'en saisit, l'arrête, ou peut-être l'étreint-elle.

REMERCIEMENTS

Merci aux danseuses et aux chorégraphes qui ont eu la gentillesse de bien vouloir me consacrer du temps : Mié Coquempot, Jean-Louis Falke, Louise Goulouzelle, Christine Hassid, Vlada Krassilnikova, Nathalie Pubellier et Sophie Tellier.

Merci à Gwen Boudon, habilleuse.

Merci à Philippe Noisette et à Wayne Byars qui ont pris la peine de m'orienter vers ces belles personnes.

Merci à Fabrice Arfi, Vanina Galili, Noémi Gicquel, Clotilde Lepetit, Marianne Pelcerf, Jean-Marc Souvira, Marine Turchi.

Merci à Marie-Catherine Vacher pour sa relecture de "bénédictine", merci à Bertrand Py.

Merci à Jérémy Laederich pour sa caravane.

Merci à Luis Pitiot pour la première lecture.

Olivier, merci.

OUVRAGE RÉALISÉ
PAR L'ATELIER GRAPHIQUE ACTES SUD
ACHEVÉ D'IMPRIMER
EN AVRIL 2022
PAR NORMANDIE ROTO IMPRESSION S.A.S.
À LONRAI
POUR LE COMPTE DES ÉDITIONS
ACTES SUD
LE MÉJAN
PLACE NINA-BERBEROVA
13200 ARLES

DÉPÔT LÉGAL
1re ÉDITION : MAI 2022
N° impr. : 2201397
(Imprimé en France)